风拂绿柳

张瑞芳 著

哈尔滨出版社
HARBIN PUBLISHING HOUSE

图书在版编目（CIP）数据

风拂绿柳 / 张瑞芳著 .-- 哈尔滨：哈尔滨出版社，
2025.1.--ISBN 978-7-5484-8170-6

I.I217.1

中国国家版本馆 CIP 数据核字第 20243LD038 号

书　　名：风拂绿柳
　　　　　FENG FU LÜLIU

作　　者：张瑞芳　著
责任编辑：韩伟锋
装帧设计：行迹文化

出版发行：哈尔滨出版社（Harbin Publishing House）
社　　址：哈尔滨市香坊区泰山路 82-9 号　　邮编：150090
经　　销：全国新华书店
印　　刷：武汉鑫佳捷印务有限公司
网　　址：www.hrbcbs.com
E－mail：hrbcbs@yeah.net
编辑版权热线：（0451）87900271　87900272

开　　本：880mm×1230mm　　1/32　　印张：6.25　　字数：123 千字
版　　次：2025 年 1 月第 1 版
印　　次：2025 年 1 月第 1 次印刷
书　　号：ISBN 978-7-5484-8170-6
定　　价：128.00 元

凡购本社图书发现印装错误，请与本社印制部联系调换。
服务热线：（0451）87900279

作者简介

　　张瑞芳，1979 年 6 月出生，研究生学历，现任中国标准化协会文化产业工作委员会秘书长，北京璀璨时代文化发展有限公司总经理。著有《山花灿漫》文集及《山花灿漫新时代》1-2、《风拂绿柳新时代》1-2 系列歌曲 CD 专辑。

内容简介

　　《风拂绿柳》一书主要分为诗词、歌词、哲理文章和人生感悟，在作者清新朴实又深刻的诗句和文章里，蕴藏着对生命的理解和态度，文中的观点清新深邃，文字表达质朴而优美，体现了作者对真理的探求！

　　本书的诗歌部分，共收录了17首诗歌，其中《平凡之歌》、《我愿》、《日子》、《写给春天》等语言十分优美，表达了作者对生活的热爱。歌词部分共收录了51首歌词，这些歌曲已经出版，收录在《山花灿漫新时代》1-2和《风拂绿柳新时代》1-2系列专辑中，这些歌曲受到了大众的一致好评。哲理文章和人生感悟中的《你一定要会用你的心》、《道德是真理开出的花朵》、《正确决策决定人的命运》、《智慧是解决财务问题的根本出路》等都具有很深刻的教育意义，相信本书的出版会使读者获益匪浅！

目录

目
录

目录

我愿

我愿成为一只小鸟

在山林间清脆地欢歌

我愿成为雄鹰

在蓝天白云间嬉戏

我愿当一只凤凰

骄傲地在林间行走

我愿成为一棵树

矗立在高高的山巅

我愿成为一棵小草

整日里在草丛里游荡

我愿成为一条小溪

在大山的怀抱里徜徉

我愿成为夕阳

温暖旅人的心怀

我愿成为高山

巍峨地耸立

我愿成为骄阳

照亮每一寸土地

我愿成为春天的风

吹绿整个世界

我愿成为四季

伴随你生命的轮回

我愿成为一朵玫瑰

坚强又浪漫

我愿成为夏天多情的雨

淋湿那颗游子的心

我愿成为冬天的雪

装扮人间

我愿成为一颗宝石

被久久珍藏

我愿成为一片枫林

红遍整个山野

我愿成为池塘里的荷花

清晨的雨滴滋润着花瓣

我愿成为风筝

高高地飞在蓝天

我愿成为一盏灯

温暖你我前行的路

向往

我向往清澈的溪流

向往高山的巍峨

向往璀璨的星光

向往那神秘的森林

向往大雁东南飞

向往宁静的大海

向往高飞的雄鹰

向往亲人们赤诚的情怀

向往骏马奔驰在草原

向往那炊烟袅袅 农耕秋收的生活

向往那田园牧歌

向往那秋日的枫林

向往那向日葵花海

向往那椰子树的风姿

向往那碧波长流的海岸

向往那四季常绿的青山

向往那大漠孤烟直的气概

向往那江南小桥流水人家

向往那夕阳晚照

写给春天

等待着　等待着

终于　春天的脚步近了

燕子筹划着在檐下做窝

料峭的春风催促着柳枝发芽

玉兰花在准备着开放

农人们开始准备春耕

阳光是那样明媚

每一年的春天总是如约来到

就像生生不息的生命

空气中都是春天的味道

一树一树的桃花谱写着春的乐章

树上新出的微带鹅黄的淡绿色正是春的色彩

海棠花　丁香花争相开放

满树满树的蔷薇花开满山墙

春天的早晨热闹极了

阳光洒满院子

鸟儿们在树梢打情骂俏

绿色的像波浪一样的柳枝在晨风中摇摆

银杏树　榕树下老人们在快乐地歌唱

傍晚的春天更是迷人

像朦胧的诗境

更像牧人晚归 袅袅炊烟

春天的雨更是浪漫多情

随风潜入夜 润物细无声

清晨起来能闻到泥土的清香

你可知道

没有了冬天的白雪皑皑

冰冻霜寒

哪有春天的盎然生机

花开四季

你不爱秋天的风
你一定爱春天的雨
你不爱冬天的雪
你一定爱夏日的骄阳
你不爱春天里百花争艳
你一定爱夏日的雨荷
你不爱冬天的午后
你一定爱秋天的枫林
多么美的四季啊
一定有一个时刻是你的最爱
一定有一片风景让你流连
我最爱春天的阳光
夏天的雨
秋天的落叶
冬天的雪
最爱黄昏夕照
最爱雨打芭蕉
最爱四季花开
也爱那片红树林
有了四季轮回

才有了人类的一切

我爱四季

也爱轮回四季的这片土地

花开四季

我心如画笔

我心如画笔

能画这世界

画下祖国的大好河山

画下明媚的月光

画下那金台夕照

画下那北海的杨柳依依

画下那桂林山水的毓秀

画下那泰山的雄壮

画下那青海湖的宁静

画下那丹霞的彩虹色

我心如画笔　能画我未来

画下那心中的日月

画下那明日的期待

画下那理想的蓝图

画下那久违的梦想

啊　啊　啊

我心如画笔

我心如画笔

能画这世界

夏至将至

夏天就要来到了

夏至将至

明媚的阳光照耀大地

万物复苏兴盛

一切变得生机盎然

海面变得波光粼粼

鱼儿在水里欢腾

公园里柳树成荫

燕子在榕树上飞来飞去

小船儿荡漾在水面

月季花开得娇艳

桃树正在结果实

夏至将至

农田里的麦穗低垂着头

农人们在田间地头歇息

孩子们在河里疯玩

夏天的感觉

让你流连忘返

夏天的味道

是那大海的味道

是那薄荷的清凉

是那棕榈树下的风

是粽叶的香味

是女孩们海蓝色裙子的风格

是川流不息的人群

夏至将至

每一年的夏至总是如约来到

浪漫的夏日

如你的浪漫

亲爱的朋友

你 爱夏天吗？

爱上黄昏

黄昏无疑是迷人的

当夕阳西下

落日尚有余晖

倦鸟即将归巢

微风轻抚着柳枝

华灯初上

万家灯火点亮了整个傍晚

独自走在林间小道上

心情别提有多舒畅

伴你走过的还有傍晚的风

黄昏的色彩更是迷人

任何的画家都画不出黄昏的色彩

那是一种浅橙色加上淡黄色再加上土黄色

再加上绿色

世上所有的色彩

都无法描绘黄昏的美

黄昏的景象是浪漫多情的

让你想起了秋天

想起了夏日傍晚的海滩

还有椰子树下的情侣

世间有万般可爱

我独爱黄昏

并且对黄昏的爱

已经延续了

不知道多少世了

我爱在黄昏散步

想想过去的事

想想自己走过的路

朋友 你呢？

关于爱

这世界上有爱，处处充满着爱，只是你发现不了。当太阳升起、夕阳西下，草木生长、鸟儿们在呼唤，这些都是地球给人们的爱。没有爱，植物不会生长，太阳不愿意升起，夕阳不再美丽，鸟儿不再歌唱，这世界是由爱组成的，是由爱支撑的。

没有爱，孩子们不会成长；没有爱，蔬菜不会运到市场；没有爱，海水不再波澜；没有爱，高山不会巍峨。这世界处处充满爱，你去体会吧，体会万物存在的善意，体会别人给你的祝福。

爱不是你说的爱情，那是肤浅的，爱是一种善意、一种能量、一种祝福、一种成全、一种包容、一种体贴和关心、一种信任、一种心灵感应。你不一定要有爱情，但你一定要有爱，你活在爱里。爱情是狭窄的，眼里揉不得沙子，你的世界只有对方一个人。而爱是广阔的，是走到万人之中的，你成全大家，大家又给你带来祝福。

没有爱，你生活在恐惧里，生活在仇恨里，生活在狭隘里，生活在孤独中。别去抱怨这世界没有爱，别去懊恼自己没有得到爱，爱万事万物吧，成全万事万物吧，祝福万事万物吧。在你的爱里，草木得以生长，孩子们笑得欢快，阳光洒在晨雾里，老人们在歌唱，这世界一派和谐。

爱与善意

　　爱是一种存在物，但爱情不存在，情绪不存在，你要分清它们的区别，爱是一种祝福、一种成全、一种欣赏、一种快乐、一种珍惜，爱情是应该摒弃的，情绪是应该去除的。你有一颗充满爱的心，但你没有爱情和情绪，这是作为人很好的状态。

　　宇宙能量是一种善意，万物的存在带着一种善意和祝福。树叶落下是为了树干能储存能量，草木枯萎是为了让新的生命得以生长，大海是为了濡养地球和人类，鸟儿飞翔是为了做有益的事，高山的存在是为了稳固地球，太阳的存在是为了给人温暖，月亮的存在是为了照亮你的夜晚，作为同伴的人存在，是为了陪你度过孤独的时光，是为了给你善意，是为了给你祝福，是一种深情的陪伴。宇宙的规律充满善意。你也充满善意吧，你就和道合了，你就符合自然规律了。你若没有善意，充满一种恶意，你就和道相反、违反自然规律了，你就将受到自然规律的惩罚。

淡淡的情

情只能是淡淡的
你淡淡的情 淡淡的爱
就像微风淡淡地吹过
像海边浪花的叮咛
像山涧溪流的奔腾
像春天开的淡淡的小花
像月光下凤尾竹的轻柔
像玫瑰的芬芳 淡淡的
像醇香的酒 有那淡淡的清香
像离人的眼泪
像池边荷塘的月色一样
淡淡的
你不要沉重的情
沉重的情是极大的负担
你不要被一个人牵绊
你那淡淡的爱
让你的爱有宽度
不仅爱战友
也爱脚下的这片土地
爱头顶的这片蓝天

爱这个生养你的地球
更爱祝福你的这个世界

淡淡的情

玉渊潭的晨曦

玉渊潭的清晨是美妙的

阳光一大早就照耀着静静的湖面

以及苍翠的青松

鸟儿飞过树梢

大树向鸟儿致意

阳光透过薄雾将光辉洒向人间

人们早早就来公园散步

柳树在晨风中招摇

红松树挺拔伟岸 互相诉说着往事

大槐树们在商议着改名叫华英树

竹林里成群的喜鹊在开会

石榴树下麻雀在歌唱

樱花树们在筹划着春季开花的数量

这像一幅和谐的山水画

春天的早晨和谐而宁静

这让你想起了过往的日子

想起了浪漫

亲爱的朋友

清晨来玉渊潭漫步吧

不要错过这良辰美景

清晨的清风

清晨的清风
一早就在门外等你
当你沐浴在晨雾中
如同行走在仙境
一切是那样浪漫多情
小鸟早已在林间嬉戏
晨曦透过树林
把阳光和色彩洒向薄雾
早晨的花朵也盛开得娇艳
清晨的清风吹拂着
感觉到丝丝的凉爽
让你想起清晨的海浪
想起日出 想起黄昏
想起绿野仙踪
想起爱丽丝梦游仙境
想起了那些你遗失了的美好日子
清晨的清风
日日与你相逢
愿有清风陪伴的日子
总是那样浪漫多情

写在秋天

秋天是浪漫多姿的季节

在秋天你会看到漫山遍野的红枫叶

看到清晨的清风向花朵致意

我爱在秋天的早晨漫步

看满树满树的银杏叶

看麻雀在草丛间游走

看微风伴着花香

秋天是快乐的季节

空气中也弥漫着过节的气氛

中秋节的明月让人心情格外舒畅

秋天的雨带走了夏天的燥热

带来丝丝清凉

秋天也是收获的季节

田野的果实满树满树地在枝头喧闹

稻田里低垂的稻谷在庆祝着一年的丰收

秋天的天空格外晴朗

大雁飞在高空　燕子在枝头歌唱

秋天的景象像是一幅和谐的山水画

如果命运可以重来

如果命运可以重来
我一定保持长期的理智
不去做无益的事
时刻做出正确的决策
时刻头脑清晰
判断准确
如果命运可以重来
我一定远离爱情
不再爱　不再恨任何一个人
不再和任何一个人有感情牵绊
不再依赖任何一份感情
找个伙伴搭档即可
如果命运可以重来
我一定做一个更小的企业家　实业家
一定从事一个最喜欢的行业
认真地选择好我的路
然后再发展自己的事业
如果命运可以重来
我一定更早独立
更早离开原生家庭

一定早早学会独自行走

我一定放下对家庭的感情

不再眷恋任何家人

不再有任何依赖心

如果命运可以重来

我一定更好地隐藏自己

整日里不多说话

不出头做大事

如果命运可以重来

我一定更好地锻炼身体

一定发展一种才艺

一定有一种兴趣爱好

如果命运可以重来

我一定走遍名山大川

收藏更多的美景

等老的时候

一件一件回忆

如果命运可以重来

我一定时刻约束警醒自己

我一定谨慎地对待生活

谨慎地做自己的事

如果命运可以重来

我一定不再多品尝美食

每日一餐便饭
如果命运可以重来
我一定生活在一个临海的小城镇
享受海风 沙滩

日子

日子一天接着一天

漫长而平凡

平凡中有滋味

平凡中有浪漫

日子是春天来临时

门前开的黄色的迎春花

洁白的玉兰花

还有榕树下做窝的燕子

是春风吻上我的脸的轻快的歌

是三月三放飞的风筝

是明媚的春光和盎然的生机

日子是夏天来时

万物兴盛　花朵齐放

是女人穿的花花的衬衫　牛仔裤

和连衣裙的色彩

是夜里的繁星和邻居奶奶讲的神话故事

是蝈蝈　蛐蛐的奏鸣声

日子是秋天来临时

漫山遍野的红枫叶

是田野里满满的金色稻谷

摇着头的高粱和云朵一样的棉花

是商场里新上的玫瑰色的风衣

是天高云淡的情味

是紫玉饭店旁小黑猫和小花猫的爱情

日子是冬天来临时

火炉旁暖暖的亲情

是飘落的雪花

是亲人端上的一杯奶茶

是在玉渊潭边看孩子们快活地滑雪

是圣诞节缤纷的礼物和彩灯

是新买的羽绒服的色彩

是对春的盼望

日子还是

花鸟市场上淘的新鲜玩意儿

日子是新布置的茶桌上的茶具和茶叶的香气

是新买的西瓜碧玺手串

新鲜了三天　就不知丢到哪里去了

是网上买的条绒棉衣

日子是春节来临

家里窗明几净　屋子里摆满的鲜花

是冬天新做的棉花被

日子是锅碗瓢盆的奏鸣曲

日子是一本新书

日子还是

唱出的新歌 写出的新文章

是流水账一样的上班时光

是在咖啡店里喝的卡布奇诺

是一连串的串珠子穿起的回忆

是一种痛并快乐的刺激

是一种悲欣交集的感动

是一种平凡和平淡中的真滋味

日子是一种记忆和憧憬交织的图画

日子还是对生活的诠释

日子就是日子

就看你怎么解释它 怎么看待它

亲爱的

你的日子

又是什么呢?

祝愿你 我的姑娘

祝愿你

我的姑娘

愿你能把忧伤驱走

愿你风雨中依然美丽

愿你芳心如初

愿你夜梦安宁

愿你身安体健

祝愿你

我的姑娘

愿你能时时写出美好的诗

就像琴键流淌的音乐

愿你能享受四季

愿春风也能带给你安慰

祝愿你

我的姑娘

愿你的心灵有人慰藉

愿你有一颗金子般的心

愿阳光照进你心灵

愿你能跳起那欢快的舞蹈

祝愿你

我的姑娘

愿你脸上总挂着微笑

愿你一切吉祥如意

愿你经历坎坷人生后

仍在百花丛中笑

平凡之歌

万花丛中 我做一朵平凡的花朵

独自绽放在自己的角落

玫瑰园中 我做一朵傲放的玫瑰

独自开放自己的馨香

大海中 我做一朵浪花

追随大海的波涛 快乐地徜徉

森林中 我做那一棵独一无二的松树

长在高高的山崖

沙漠中 我做一粒沙子

在荒漠中随风飘荡

人群中 我做那个最平凡的人

独自绽放自己的光芒

不为引人注目

只为自在地成长

逍遥地行走在人间

夕阳中 我做那一抹晚霞

不为装点天空

只为照亮你前行的路

璀璨的星空被点亮的时候

我做一颗平凡的星星

闪烁在你的夜晚

不为灿烂

只为照亮你安睡的梦乡

当春风洒满人间的时候

我做一缕清风

吹散你淡淡的忧愁

当雪花飘落人间的时候

我做一朵晶莹的雪花

不为装饰大地

只为落在你的掌心

融化在你的温暖中

当秋天的枫叶装扮人间的时候

我做一个旅人

不为欣赏你的美丽

只为陪你度过

那个浪漫的秋天

当春雨滋润大地的时候

我做一颗雨滴

不为滋润田野的麦苗

只为追随你的脚步

伴你走过整个春天

当山花开遍山野的时候

不留恋花朵的芬芳

只为在那烂漫的时光中

与你相遇……

平凡之歌

向往
（歌词）

我向往清澈的溪流
向往高山的巍峨
向往璀璨的星光
向往神秘的森林
向往大雁东南飞
向往宁静的大海
向往高飞的雄鹰
向往骏马奔驰在草原
向往碧波长流的海岸
向往四季常绿的青山
向往江南小桥流水人家
向往那夕阳晚照

2024 赞歌
（歌词）

清晨 我放飞一只白鸽

为你衔来一根橄榄枝

那是我为你唱的赞歌

2024 那是你的音符

你是那清晨的露珠

你是那明媚的月光

你是夕阳中林间的小路

你是儿时手中放飞的风筝

你是那草长莺飞的三月

你是人间的四月天

你是蝴蝶翩翩舞

你是那棕榈树的倩影

你是大海奔腾的浪花

你是琴弦上爱的旋律

爱的旋律

啊 啊 啊

2024 我歌颂你

2024 你的音符

如同你的爱

流淌在每个人的心间 心间

往日时光

（歌词）

最美的珍藏

正是那些往日的时光

辽阔草原　琴声悠扬

多少回歌声诉说过你

多少回梦中亲近过你

多少回传说倾听过你

你的身影好像天边的彩虹

多渴望见到你温柔目光

甜美的歌声令人陶醉

当我唱起这首歌

思念汇成一条河

当我唱起这首歌

歌声中有你也有我

假如能回到往日时光

在月光下牵着你的手

想起那往日时光

生命依然充满渴望

最美的时光

就是那往日时光

亲爱的 姑娘
（歌词）

风儿吹过弯弯的小河
琴声飘进你的毡房
悠悠牧歌为你歌唱
美丽的姑娘
我已经爱上你
花儿一样美丽又芬芳
鸟儿飞来围在你身旁
动人的牧歌随风飘荡
温暖阳光洒在脸上
翩翩起舞醉了夕阳
美丽的姑娘
我把最美的歌唱给你听
深深的祝福献给你
温柔月光洒在你脸上
多想亲吻你的善良
亲爱的 姑娘

致飞鸟

（歌词）

都说你的羽翼多丰采
都说你的歌声多嘹亮
都说你的蓝天多明媚
都说你的道路真宽阔
都说你的信念不会变
都说你的航行永向前
都说风雨中你无惧
都说你的生命多坚韧
飞啊 飞啊 穿越云端
奔向希望 永无悔
都说你的苦乐不曾忘
都说你的足迹真神秘
都说你的身影多矫健
都说你的世界多辽阔
飞啊 飞啊 穿越云端
奔向希望 永无悔

你的爱

（歌词）

因为你的爱

我看到了希望

因为你的爱

阳光格外温暖

花儿也开得艳

小鸟儿叽叽喳喳叫得欢

因为你的爱

冬天像暖阳

原野也格外浪漫

四季的风洒落人间

因为你的爱

我把爱传递给人间

给我一个温暖的拥抱吧

我将拥抱全世界

这世界有了爱

才有了彩虹色

让你我的爱

点亮每颗心

祝福你 生养我的地球

（歌词）

从来不曾表达 对你的爱

从未将祝福 送给你

生养我的地方

是你给我成长的勇气

是你给我前行的动力

是你给我知识 教我做人

是你让我度过四季 一路高歌

我祝福你 生养我的地方

我用一颗真挚之心照耀你

我把真诚奉献给你

祝福你 地球

愿你璀璨如歌

愿你温暖像海洋

愿你生命之树常青

祝福你

生养我的地方

我心如画笔
（歌词）

我的心如呀如画笔

能画这世界

画下祖国的大好河山

画下明媚的月光

画下那北海的杨柳依依

画下那桂林山水的毓秀

画下那泰山的雄壮

画下那青海湖的宁静

画下那丹霞的彩虹色

我的心呀如呀画笔　能画我未来

画下那心中的日月

画下那明日的期待

画下那理想的蓝图

画下那久违的梦想

啊　啊　啊

我的心如画笔

如呀如画笔

能画这世界

山花灿漫新时代

（歌词）

新时代

是抛弃卿卿我我的小爱

成为人间大爱的新时代

我们

爱那秋天枝头累累的硕果

爱那椰子树的呢喃

爱上枫林夕照

更爱这苍茫的大地

爱那潺潺的溪水从大山流过

爱那奔腾的长江黄河

也爱那大海奔腾的浪花

啊 啊 啊

我们爱

爱这个世界

和这片土地上朴实劳作的人们

我们抛弃那

卿卿我我 纠纠缠缠

痛苦的小爱

到如今

就像雄鹰飞翔在蓝天上

那样畅快

挥挥洒洒

啊 啊 啊

我们歌颂

歌颂这个新时代 自由的新时代

这是个山花灿漫的新时代

冬青颂

（歌词）

默默无争是你的风格

朴实善良是你的性格

你是天地间一抹绿色的彩虹

你是百花争艳中的真君子

冰雪严寒你傲然挺立

狂风暴雨你依然坚强

你是春的大使

夏的色彩

秋的风姿

冬的伴侣

一年四季

你长盛不衰

你是那坚强与隐忍的象征

你是那独行与勇气的代言

你的品格

你的毅力

你的碧绿常青的色彩

你的坚韧不拔的姿态

是树木界的楷模

男人 你是啥

（歌词）

男人 你是啥？

在军歌的嘹亮里 那是我的声音

在清晨的薄雾里 那是我的背影

在哨兵的队伍里 那是我的英姿

男人 你是啥？

在流淌的汗水里 有我的辛劳

在悄悄擦去的泪花里 有我的深情

在沉默的话语中 我有的叮咛

男人 你是啥？

高飞的雄鹰 那是我的向往

牧马人的情怀 那是我的担当

远航的舵手 是我远眺的目光

男人 你是啥？

在辽阔的草原上 我是那奔腾的骏马

在山边的溪流中 我是那朵浪花

在祖国的建设中 我是先行者

男人 你是啥？

在黑暗的黎明里 那是我的希望

在青春的奋斗中 我是个先锋

在希望的田野上 我挥洒汗水

我知道

（歌词）

我知道清晨喜欢鸟儿的歌唱

我知道春风喜欢花朵的芬芳

我知道鱼儿喜欢清澈的小溪

我知道蓝天喜欢七彩的云霞

我知道大地问候灿烂的阳光

我知道夜晚拜会月亮和星星

亲爱的 朋友

我知道 你需要我的情谊

我知道天鹅喜欢蓝蓝的湖泊

我知道山花喜欢灿漫的时光

我知道雄鹰喜欢自在的蓝天

我知道骏马喜欢青青的草原

我知道四季喜欢山河的辽阔

我知道大海喜欢那美丽的浪花

亲爱的 朋友

我知道 你需要我的祝福

祝福你……

2026 赞歌

（歌词）

清晨　我放飞一只白鸽
为你衔来一枚金色的麦穗
2026　我真诚地祝福你
我是你唇边吹起的长笛
我是那颗闪亮的星辰
我是洒满鲜花的小路
我是心中放飞的梦想
我是那金色光芒的晨曦
2026　我祝福你
我是那七彩光芒的朝霞
我是洒满星光的童年
我是你的幸福　你的欣喜
我是你的美丽　你的欢乐
我是你的春天　你的希望
啊　2026
我用真挚之心荣耀你
我把真诚的祝福献给你

2029 赞歌

（歌词）

清晨　百灵鸟从蓝天飞过

为你带来远方的祝福

2029　我要为你唱一首赞歌

你是阳光　我是你的晨曦

你是牡丹　我是你的花瓣

你是田野　我是你的麦穗

你是江河　我是你的清泉

你是青春　我是你的少年

你是牧童　我是你吹起的长笛

你是春雨　我是你的麦苗

你是牧场　我是你青青的牧草

你是大地　我是你的辽阔

你是希望　我是你的明天

啊　2029　为你祝福

这是我为你唱的赞歌

2034 赞歌

（歌词）

清晨　我站在青青的牧场

看到神鹰披着那霞光

像一片祥云飞过蓝天

带来 2034 的祝福

鲜花曾告诉我你怎样走过

大地知道你心中每一个角落

飘过的白云都在写着你的故事

希望的田野都会证明你的荣光

我要用彩虹和阳光谱写天地间最美的旋律

我要把梦中最美的愿望　放飞在这生养我的土地

我们的歌声比那百灵鸟还要婉转

我们欢乐的笑脸比那春天的花朵还要鲜艳

我们心中的理想象那星星闪着光

2034 我歌颂你

愿我的歌声为你带来吉祥

愿你吉祥永远

希望
（歌词）

看天空飘的云还有梦

看人间四季繁花盛开

看大雁高飞情谊永存

看碧草青青也充满希望

看大海波澜晴空万里

看鸟儿歌唱 看霞光万丈

看东边彩云追 西边骏马飞

看高山的苍茫 看月亮的希望

看落英缤纷的时光 看春天田野的希望

看沧海桑田 诺言不变

看希望的路程 有你也有我

让我们欢乐地歌唱
（歌词）

清晨的我们迎着太阳的曙光

看那海天茫茫

看那朝霞照耀着人间

让我们欢乐地歌唱

我们欢乐的笑脸迎着那晨曦的光

我们胜利的歌声飘荡在山水间

若将生命开成花

人生何处不芳华

人间繁华看尽

方知何处水云家

我们追逐明天的太阳

放飞今天的希望

让我们欢乐地歌唱

鲜花也为我们盛开

鸟儿也为我们歌唱

我们的歌声好像那灿烂的阳光

灿烂的阳光

你像人间四月天

（歌词）

春风十里　不及相遇有你

晴空万里　不如心中有你

终于等到你　烟雨四月天

你踏着春风而来　如同人间四月天

你的笑　晚风呢喃　吹遍了整个世界

你的笑　春风荡漾　仿佛眼里住满星辰

愿你眼里闪着星光　笑里全是坦荡

多少话语　都不及此刻的春暖花开

人间四月　不负春光与你

就让时光不说话　往事开成花

春暖花开　朗朗春日

人间四月　不负春光与你

就让时光不说话　往事开成花　往事开成花

那时的日子

（歌词）

那时的日子总是很漫长

微风轻拂着

小船儿荡漾

青春的风吻上我的脸

那时的花开 那时的月圆 那时的风景不一般

那时我们还年轻 沿途都是浪漫的风景

那时的我们唱着青春的歌

人间步过春光 方知四处有花香

等到有一天 我们回忆旧时的风景

不忘那些往日时光

彩云是我故乡

（歌词）

清晨　我站在青青的草地

看到霞光照耀大地

看到海天茫茫　祥云飞过

期待着像风一样自由

彩云是我故乡

天地是我的家

鸟儿为我歌唱

鲜花为我盛开

骏马为我奔驰

雄鹰为我高歌

天空为我祝福

为我祝福

清晨的花园

（歌词）

春天的清晨

花园风景如画

看到晨曦霞光　碧草晴空

看到玫瑰绽放　荷花盛开

看到鸟儿歌唱　四季花开

看到白云依偎着蓝天

满园花香　挡不住思念的小船

春风不解风情　吹动少年的心

春天的清晨　是最美的时光

致情人

（歌词）

你是月　高高地挂天边

你是风　淡淡地滋润心田

你是山　伟岸地撑起蓝天

你是水　温柔地载起　载起小船

你是我梦里的身影

你是我心中的春光无限

你是我生命中的眷恋

你是我至诚至爱的一个梦

你是我至善至美的一个愿

若是时光会说话

我便与它共年华

若是时光会说话

我便与它共年华

致我的爱人

（歌词）

一只白鸽要飞跃多少海洋

才能在沙滩上入眠

一座高山要屹立多久

才能与大海亲昵

一个人要仰望多少次

才能看到璀璨的星空

一颗心要有多久的期盼

才能寻到真爱

山花要经过多久

才能等到那烂漫的时光

春风要经过多久的等待

才能把绿色洒满大地

朝霞经过多久的等待

才能亲吻天空

我要经过多少次的转身

才能与你相遇

我的爱人

阳光路上

（歌词）

走过了春和秋　走在阳光路上

花儿用笑脸告诉我　天空好晴朗

走过了风和雨　走在阳光路上

白云让蓝天告诉我　幸福在前方

前行的脚步日夜兼程　不可阻挡

阳光路上神采飞扬

让美丽的神话也随鸿雁传遍　这是人间的春风

梦想不再是美丽的传说　不再是久久的渴望

我们描绘锦绣时代的精彩

飞扬的不朽旋律　把阳光照耀

愿阳光灿烂　我心不变

我们手拉手 心连心
（歌词）

我们是相亲相爱的一家人

有缘相逢在此刻

有多少话儿在心间

曾经有过多少往事 仿佛还在昨天

有过多少朋友 仿佛还在身边

咫尺天涯都有缘 真情温暖人间

漫漫人生路

沧海桑田都经过

如今举杯祝愿

愿我们手拉手 心连心 共度美好时光

若人人都付出一点儿爱

这世界将会变成美好的人间

等到有一天 我们再相逢

迎着灿烂的阳光

眷恋

（歌词）

遥望你的时候

心中想起一首歌

你是天上最亮的星星

静静地挂在天边

你是春天摇曳的轻风

夜夜吹进我的梦中

追风的骏马啊

奔驰在天边

带不走为你思念的一颗心

你是我挥之不去的思念

你是我今生不变的诺言

你是我心中永远的挂牵

牵你的手　留下我的眷恋

我对你的眷恋永留心间

你是我一生相伴的信念

你是我心中永远的挂牵

让我为你唱一首悠扬的歌

（歌词）

美丽的草原繁星闪烁

故乡的白云飘荡在心间

让我为你唱一首悠扬的歌

让我把草原的爱向你诉说

天上的大雁　依恋着白云

高飞的雄鹰　守望着家乡

天边的鸟儿飞呀飞得高

蓝蓝的天空白云飘呀飘

我愿与你策马同行

奔驰在草原的天边

谱写一曲爱的诗篇

我的心永远和你在一起

早安

（歌词）

早安 绚丽的朝霞照耀大地

早安 晨起的鸟儿欢快地歌唱

早安 瑰丽的清晨四季芬芳

早安 凉爽的微风吹拂人间

早安 巍巍的古塔美丽庄严

早安 宁静的大海一望无际

早安 辽阔的草原琴声悠扬

早安 丰收的季节绽开了笑颜

早安 你用歌声祝福幸福的明天

愿你欣欣向荣 平安吉祥

美丽草原

（歌词）

辽阔草原 琴声悠扬

风吹草地遍地花

彩蝶纷飞鸟儿歌唱

白云起舞醉了蓝天

美丽的草原放金光

骏马好似彩云朵

牛羊好似珍珠撒

牧羊的歌儿放声唱

追风少年 歌声令人陶醉

草原就像绿色的海

毡房就像白莲花

牧民描绘幸福景

春光万里美如画

干杯吧 朋友

（歌词）

你从哪里来 我的朋友

好像一只蝴蝶飞进我的心扉

回忆往日岁月

珍藏最美好的回忆

你的幸福是我最大的安慰

也许明天还要别离

忘掉那天涯孤旅的愁

一醉到天尽头

干杯吧 朋友

深情斟满了酒杯

我的梦想和你一起飞

我们珍惜美好时光

为相聚举杯祝愿

心相连 风雨并肩

拥抱生活的灿烂

真情祝福岁月幸福永远

真挚的情谊

永记我心间

永记我心间

如果

（歌词）

如果我是天上的雪
就能落在你的掌心
不为眷恋大地
只为融化在你的温暖中
如果我是天边的云
不为漂泊
只为伴随你的自由
做你梦里的翅膀在风中飞翔
如果我是山里的花
不为馨香
只为开在你的路旁
伴你走过春天
如果我是林间的树
就能住在你的身旁
随你四季的光芒在爱里生长
如果我是天上的星
不为灿烂
只为照亮你的梦乡

心爱的姑娘

（歌词）

花儿开满的草原

风儿变得缠绵

心儿游牧在天边

我把思念许成了愿

我曾经以为你是那么遥远

原来你就在我身边

童年的歌谣仍在回荡

多么熟悉的声音

轻轻走近我身旁

你就是我心爱的姑娘

和我牵手在这迷人的月光下

静静的月色中

看那天边最美的那颗星

自由

（歌词）

蓝天下梦的飞翔

是自由的翅膀

就像雄鹰一样跨越太阳

给你像风一样的自由

花儿自由地开放

鸟儿自在地歌唱

那一片花海也为你盛开

看风儿带走天边的云彩

看朝霞亲吻七彩的天空

看四季的花沐浴着阳光

看大爱之光普照大地

看自由之花开满人间

莲花

（歌词）

你同阳光一起成长
你是百花中的真君子
你是洒落人间的花中天使
你是高雅与美丽的代言
莲花
谁婀娜多姿　出淤泥不染
谁美艳无瑕　风雨中傲然挺立
谁给世界披上清雅的色彩
谁是那爱与奉献　爱的奉献
莲花
你那洁白高雅的品格
你那绝世独立的姿态
你那坚强隐忍的性格
你那尘世中的一抹清雅
把人心照亮

吉祥永远陪伴你

（歌词）

蓝蓝的天空飘着白云

美丽大草原

风吹百花开

悠悠牧歌带来吉祥

是你的白云 牵动了我的爱

是你的辽阔 让我思念如海

是你的蓝天 让我梦飞起来

是你的绿色 让我心澎湃

是你的热情 你的豪放

你淳朴的大爱

让草原天空祥云缭绕

吉祥永远陪伴你

吉祥永远陪伴你

平凡之歌 1

（歌词）

璀璨的星空点亮的时候

我做一颗平凡的星星

闪烁在你的夜晚

不为灿烂

只为照亮你安睡的梦乡

当春风洒满人间的时候

我做一缕清风

吹散你淡淡的忧愁

雪花飘落人间的时候

我做一朵晶莹的雪花

不为装饰大地

只为落在你掌心

融化在你的温暖中

当春雨滋润大地的时候

我做一颗雨滴

不为滋润田野的麦苗

只为追随你的脚步

伴你走过春天

当山花开遍山野的时候

不留恋花朵的芬芳

只为在那灿漫的时光中

与你相遇……

美丽的姑娘 跳起舞
（歌词）

藤上的豆荚笑

笑醉你的脸庞

田里的稻穗香

香满人间芳华

窗外的晨曦照

灿烂了你的笑容

檐下的燕子唱

歌颂你的美丽

林间的喜鹊闹

唱起你的歌谣

你是那最暖的光芒

你是人间最美的姑娘

索拉依　那依娃……

美丽的姑娘　跳起那欢快的舞

美丽的姑娘　笑脸映红晚霞

草原的祝福

（歌词）

蓝蓝的天空　飘着白云

百花绽放　雄鹰展翅翱翔

牧歌悠扬　为你带来吉祥

草原上升起故乡的炊烟

摘朵美丽的晚霞

让它盛开在天涯

请带上我的思念回到草原

一首歌在梦里轻轻唱

歌声穿过那片绿色海洋

在白云蓝天上飘荡

草原给我歌声的翅膀

为你带来祝福

祝福吉祥永远

团结起来把歌唱

（歌词）

我们在一起

走过了风和雨

走过了春和秋

走过那些往日时光

我们手拉手 心连心

把知心的话儿说

让我们团结起来

共同把那心愿实现

世界阳光照耀

我们欢乐的笑脸比那花朵还要鲜艳

我们胜利的歌声飘荡在那山水间

人人都付出一点儿爱

世界变成美好的人间

让我们团结起来

迎接更美好的明天

我愿 1

（歌词）

我愿成为小鸟

在山林间清脆地欢歌

我愿成为雄鹰

在蓝天白云间嬉戏

我愿成为凤凰

骄傲地在林间行走

我愿成为一棵树

矗立在高高的山巅

我愿成为小溪

在大山的怀抱里徜徉

我愿成为春天的风

吹绿整个世界

我愿成为四季

伴随你生命的轮回

我愿成为冬天的雪

装扮人间

我愿成为枫林

红遍整个山野

我愿成为池塘里的荷花

清晨的雨滴滋润着花瓣

我愿 2
（歌词）

我愿成为一棵小草

在草丛里游荡

我愿成为夕阳

温暖旅人的心怀

我愿成为骄阳

照亮每一寸土地

我愿成为夏天多情的雨

淋湿那颗游子的心

我愿成为风筝

高高地飞在蓝天

我愿成为一盏灯

温暖你我前行的路

我愿化作和风细雨

滋润大地

我愿成为一缕阳光

爱心永驻　温暖人间

愿你 1

（歌词）

夏花盛开时

愿你的生命如鲜花般灿烂

燕子归来时

愿你的春天如同你的名字一般

充满爱与和谐 如同春风荡漾在人间

飘雨的日子里

愿你的爱如同多情的雨洒落人间

春风吹绿江南岸的时候

愿你驾着小船飘在云里雾间

快乐自在 享受一个人的逍遥

灯火阑珊时

愿你的四季有人陪伴

愿你的归途有人等待

愿你 2

（歌词）

愿你的心情像夏日的骄阳

你的喜悦像花儿朵朵

你的清晨有鸟儿的歌唱

你的四季一路芳香

愿你的日子像星光闪亮

你的爱像阳光洒满岁月

愿你的春天明媚

你的夏天浪漫

你的秋天多彩

你的冬天温暖

你的喜悲有人眷顾

你的归途有人等待

你是我心中最美的歌

（歌词）

阳光灿烂我笑颜

清风亲吻我的脸

绿草芬芳我心田

阳光洒满我心间

天空喜欢星辰

你是我的爱恋

张开双臂拥抱自然

敞开心扉诉说缠绵

许下美好心愿

扬起爱的风帆

一切等待不再是等待

遇上你是我的缘

守望你是我的歌

我和你相伴

你是我心中最美的歌

梨花开放

（歌词）

忘不了故乡
年年梨花开
洁白了我家乡的小村庄
乡亲们坐在树下
纺车嗡嗡响
我爬上梨树枝
闻那梨花香
飘摇洁白的树枝
花雨满天飞扬
给我幸福的故乡
让我更难忘
重返那故乡
梨花又开放
找到了我的梦
我的一腔衷肠
小村一切都一样
开满梨花的树下
飘摇洁白的树枝
花雨依旧满天飞扬
给我成长的故乡
让我不能忘

79

秋日的思念
（歌词）

悠悠吹拂的秋风里
轻轻诉说对你的向往
日夜思念的人啊
可否知道我的惆怅
深秋温柔的秋风吹啊
轻轻吹过我的长发
我那思恋的人啊
想你想到心儿忧伤
多情的微风吹啊
像你抚摸我的脸庞
我那思恋的人啊
何时回到我的身旁
深情忧伤的秋风里啊
云朵知道我的爱恋
月光下牵挂的人啊
可否听见我在歌唱

平凡之歌 2

（歌词）

万花丛中

我做一朵平凡的花朵

独自绽放在自己的角落

大海中　我做一朵浪花

追随大海的波涛　快乐地徜徉

森林中

我做独一无二的松树

长在高高的山崖

人群中

我做最平凡的人

独自绽放自己的光芒

逍遥地行走在人间

夕阳中　我做一抹晚霞

不为装点天空

只为照亮你前行的路

当枫叶装扮人间的时候

不为欣赏你的美丽

只为陪你度过

浪漫的秋天

天涯之旅
（歌词）

格桑花儿开了

蝴蝶泉边姑娘笑了

我为你神奇的传说歌唱

在你圣洁的光芒里

轻轻的歌儿飘啊飘

时光里 谁思念着我

人在天涯 何处是归乡

我们相约于春秋冬夏

我与太阳挥手

与海鸥问候

欣赏夜空最辽阔的不朽

白云是否也听过你的诉说

相约一生何曾改变

尘世万千 月光如水

浣洗了浮华旧事

茫茫岁月 不知何时是归期

白云悠悠 四处飘荡

走过千山 经历过多少风霜

离太阳最近的地方就是我梦中的故乡

浪花

（歌词）

摘朵白云送给蓝天

摘朵美丽的微笑放在你手里

在岁月的长河中

你是那朵浪花

你的故事在时光里传唱

你就是那最美丽的风景

你就是我心中闪亮的星

我愿雄鹰飞过长空

我愿鲜花开满山坡

歌声飘荡在岁月的长河中

歌唱你的辽阔

白云是否也听过你诉说

阳光是否知道你的情怀

岁月啊　带不走

那一朵朵浪花的回忆

古今多少事

依稀在梦中

岁月

（歌词）

我闻过每朵花的香
我听过每只鸟儿的歌唱
岁月长过了孤独的流浪
我看见鸿雁在天上飞
带着眷恋在故乡翱翔
琴声飘来思念的忧伤
我的脚步还一直在路上
摘一朵晚霞给七彩的天空
饮一壶乡愁随梦到远方
寄一片秋叶给白雪茫茫
不管心中有多少迷茫
只有马头琴 懂我的悲伤
不管心中有多少惆怅
只有马头琴 懂我的梦想

同唱一首歌

（歌词）

今天　我们同唱一首歌

五十六个民族同唱一首歌

同一首歌　同一个梦想

同一个梦想　同一个家园

同一个家园　同一片中华

同一片中华　同一个天空

同一个天空　同一个星球

同一个星球　同一个世界

我们同唱一首歌

同一个世界　同一个星球

同一个星球　同一片天空

同一片天空　同一个中华

同一个中华　同一个家园

同一个家园　同一个梦想

同一个梦想　我们同唱一首歌

把事情想开的能力就是智慧

把事情想开的能力就是智慧，无论你遇到什么挫折、打击、困难，如果你想不开，这件事就会成为阻碍，堵在你的人生之路上，如果能把事情想开，这件事就成了你的经验、你的人生体验，或者成为你的助力。把事情想开，你就有了智慧，一种很大的智慧。无论如何，无论遇到什么事，都要在内心先说服自己，先让自己内心平静下来、平衡下来。

如果你遇到挫折、打击、困难，可以用各种办法说服自己，一般可以把事情想成"天将降大任与是人也，必先苦其心志"，是先苦后甜的一种考验、一种磨砺。

如果不把事情想开，就成了应激反应，发生事情就开始埋怨、仇恨，事情反而更糟，这样你的行为就掌握在别人手里，掌握在外界手里。

高手往往是能瞬间说服自己的人，能开解自己，让自己内心平静、淡定的人，亲爱的朋友，你呢？

不能胡乱作为

胡乱作为、努力是不对的，代表你正在破坏规律，走在不正确的道路上，内心必须看清事情的规律。像做家具一样，熟悉明了榫卯结构，很快就能把家具做得严丝合缝，完美又结实，这中间不需要过多努力。内心一旦吃力，就是违背了规律，就在妄动，就在使蛮力。

外在要积极进取，要看清局势后积极行动，换句话说，当内在一旦理智地认清规律后，外在的积极进取也不费力，总的来说，努力是不用的，人不用过多努力。

当一个人爱另一个人，会走上一条错误的路，会爱得很辛苦，不是追不上别人，就是被人看不起。爱情是不存在的，人不能爱人，一旦看清了真相、做对了，就不爱人了，就自由了，生活也就容易多了，你爱人很累，证明你做错了。

当一个人在婚姻里很累、很努力，证明婚姻错了，你不该有婚姻，你走在错误的路上，你怎么能不累呢？一旦努力，就证明路走错了，努力是一种信号。

当一个人上学读书很累，证明你学的东西不适合你，你在做错误的事情，所以很费劲。

当一个人赚钱很难，说明你做的事情不适合你，应该找到自己适宜的定位和事业，使用巧劲儿。

当你在高速路走错了，开车就会很累、很绕，走不到终点。

当你在山里走错了，没按照山的本来路径走，就会越走越困扰，你很累、很努力，证明你在山路上走错了。如果走对了，山里的风景会向你致意，动物也会帮助你。

当一个人做对了，生活自然很轻松，有像微风吹过来似的微微的快乐，也不是狂笑狂喜，就是发自内心的愉快。

所里，努力不是什么，是一种信号，说明你走错了，努力、累的程度，就是你错误的程度。轻松、容易证明你走对了，生活本该很轻松。

朋友们，花些时间检视自己在哪里有错误，在哪里费力了。看清事情的真相，理智地生活，就轻松自在了。

不能胡乱作为

不要心强

心强就是自己一定要压过别人，一定要胜过别人，这是个错误的思想、错误的心态，心强的人一旦不如人，就会气急败坏，一旦胜过别人就会盛气凌人。

这世界上没有一个人会服人，没有一个人不想超过别人、打败别人，没有一个人会听另一个人的，当你让对方听你的，你就得罪了他，他会深深地恨你，等着你出丑。人都是桀骜不驯的，都想争夺第一，争取统治别人、让别人听自己的。连你身体里的灵魂都时刻想着造反。你的孩子都没有一刻会听你的，时刻想超越你，这就是世界。你能有什么办法？

应该让自己的心柔和下来，看万物生长，看满园花开，自己做百花丛中的一朵，不要成为那一朵奇葩，高高地矗立。

心强的人，大多小时候受过刺激，被错误地引导，然后一辈子心强命不强，一辈子命运很辛苦。心强的人总爱欺负人，也常被人欺负，总要压过别人一头，永远看不到客观现实，看不到事实真相，总在云雾里。

心强的解是你要去掉你的自卑心和敌对心，用慈悲和理解对待别人，不要把对方当成假想敌、当成坏人，要真正接纳别人。

现在闭上眼睛，回想自己心强的根源，看看当时发生了什么，看看有什么让你的心背离了善良、平和、接纳别人的轨道，是什么让你有了厚厚的铠甲，现在是时候放下自己的敌对心、对别人表达有爱和关爱了。看看,因为你的关爱和感恩心的缺乏,别人生活在痛苦中和冷漠中,这世界需要你的慈悲心,需要你的善良,需要你的感恩之心,需要你的友爱的目光,需要你的温暖。

现在,你回到现实,看看自己哪些方面发生了变化,看看自己有没有更加柔和、更加平和,有没有更加感恩。

朋友们,愿你总能跨越人生的障碍,愿你平和,愿时光温柔待你。

不要心强

不要有太多想象力

不要有太多的畅想和规划，否则就是不尊重客观事实。一切都以客观现实为基础，不尊重客观现实，背离现实，或者高于现实，那只是自己美好的想象。不能有太多想象力，对事物的想象不能高于事物，否则就是隔空打拳，背离真实。

练习不要有太多想象力，不要让心念高于现实，紧随客观现实，让意识像镜子一样照见客观现实，完全根据现实办事，不要有太多想象力，让事物客观现实化。

一个人必须有认识客观现实的能力、考察客观现实的能力，否则就是云里雾里，不能把事情做对。

成为真正的自己

你的任务是成为你自己
成为真正的自己
按照你本来的样子发展起来的自己
如果你是一朵雏菊
你的任务就是按照你雏菊的样子盛开自己
找到自己的优势
找到自己的使命
找到自己的快乐
一分钟也不要羡慕玫瑰
不要成为玫瑰
不要操心玫瑰的心事
如果你是一棵大树
你的任务就是去承载大树的使命
就是成为成最好的大树
不要羡慕别的花开
如果你是一棵小草
你就安于小草的日常
小草有小草的好处
大树有大树的快乐
你不要背离自己

心念不要跑到别人身上
安守自己
每一种存在都是特殊的
都有自己的位置
有自己本来的样子
你做自己本来的样子
如果你生来就是个很普通的人
你就接受你是个普通人这个事实
享受作为普通人的生活
总之 你要接受你本来的样子
不要有欲望 不要有自卑 不要有自大
你要喜欢你自己本来的样子
接受你自己本来的样子
欣欣然做真正的自己
然后你就会有内在的花开
你就能绽放自己

慈悲与善良的含义

慈悲就是理解事情的规律和真相。你做到了理解，就能看到真相，就知道该怎么办了，对人慈悲，就是对人理解，这就是慈悲的含义。善良就是坚守正道，不是你理解那样对人乐呵呵，是坚守正道，总选正确的道路，总做合乎理智的事情，这就是善良的含义。

慈悲就是理解力，当你理解一切，你就对一切有了慈悲心。善良就是把事情做对，在整个人类历史中，人们不仅要求人善，而且要求人理智、现实、理解人性、把事情做对。把事情做对就是善良的真正含义。有些事情看起来善良，但没有把事情做对，扰乱了世界的秩序，这也是不善的，所以，如果有人说："人善被人欺，善没善报。"那是他误解了善良的含义，没把事情做对。

当你的"修为"越来越高的时候，就会真正开始理解身边的每一个人，没有好坏，没有对错，只是他们处在一个不同的频率中，有各自不同的历史、环境和进化程度，显化出不同的状态，做了不同的选择，有了不同的语言和行为，明白了这一点，也就会真正生出慈悲心，也有了包容心和智慧。

朋友们，愿你能理解慈悲和善良的真正含义，坚守正道，有一颗慈悲善良之心。

道德是真理开出的花朵

人必须现实，尊重现实客观规律才能理智，有现实才有理智，有理智才有道德，有道德才有智慧。真理是智慧和理智之言。

智慧是把事情和谐化、办得刚刚好，道德与智慧是解决一切问题的根本出路。

看清事情的真相、看清事情的规律，然后精准行动，做的事情就理智了。理智就是正确的决策，你的判断和行动总是最正确的，再不糊里糊涂，再不盲目妄动，再不背离自己的真心。

人一旦偏离了理智的频率，看不清事情，接近愚昧的频率，就会自己做错决定，自受损失，不费吹灰之力自己打败自己。自大就是偏离理智的频率的一种表现，过分快乐也是偏离理智频率的表现，有些淡淡的忧愁反而能校准频率，能看清事情的真相，按照真相处理事情，否则一律是在虚妄中处理事情，隔空打拳，每天消耗自己的力量，扰乱自己和社会的秩序，徒增烦恼。

所以，追求理智是人的目标，考察现实是人的任务。在考察现实的基础上自然升起一种智慧，学会一种解决事情的方法，就叫作理智。

回想过往，我们理智的时间有多久？处理问题用理智的比例占多少？如果没有理智就是失败的人生、糊涂的人生。

道德是真理开出的花朵，真理就是看清事情的真相，然后再加上真诚、良心，就成了道德。光是看清事情真相是不行的，你要在看清现实后，加上你的真诚、善良之心，这样的道德才有人情味，才有人格，才是真情开出的友谊之花、真诚之花。

道德是真理开出的花朵

理智之道

下面讲述理智之道的七个原则。

（一）看清事情的真相，准确地行动

看清事情的真相，研究事情的规律，按照规律和真相准确地行动，就是理智。很多人看不清真相，一遇到事情就激动、抱怨、哀叹、哭泣，其实事情很简单，你简单处理就对了，可是情绪挡在你前面，让你看不清真相，让你激动。

所以理智的大敌是情绪，是内在窝窝囊囊的一种东西，让你看不清事情，只会情绪化，只会抱怨别人。

理智的敌人还是自大、自卑、欲望，是这些心态让你无法感应到现实，无法看清事情的真相，无法做出理智的判断。你只有去除自卑、自大和欲望，才能理智。

理智是人的好品质，你还没有理智，说明你正走在追寻的路上，不要急，你一件件事情看清楚，你一个个事情办，时间长了，你就理智了。

（二）用辩证的方法看待事情

区别对待是指对好人坏人、好事坏事、急事慢事、重要事和不重要事区别对待，不能一概而论。

对好人就有对好人的办法政策，福利待遇倾向给好人、奖励好事，我们出政策，应该把好人、坏人区别对待，区分来看。各单位首先应该立规矩，立奖励和惩罚，没有规矩，没有对人的约束，光讲民主是不行的。

比如博物馆收来一批文物，就应该把好的先保管起来，把坏的扔掉，不能一起摆放。

（三）适宜、适合原则

无论什么事都有一个适宜、适合的合理点，找到自己的合理点就能心安，就有一种和谐。比如农民住在农村里安居乐业，让农民住在国贸，这看起来是待遇优越了，其实是不适宜，所以并不是优越的就是适合的、最好的。让一个农村大婶用 Dior 的香水，这看起来是优越了，但她会很不适应。所以，各类事情、各类人，不是不平等，是要找一个适合自己的合理点、合理定位。

所以不是好的就是适合你的，就是你该追求的，别人的好，对你也未必是好，你应该找到万事万物的合理点，找到自己的定位，这样就会心安。

（四）把事情做对

事情的合理点就是黄金分割点，就是事情的和谐点，就是把事情做对，而不仅是做好。

任何服装设计，都有一个合理点、和谐点，比如你给衣服做五个口袋，看上去就别扭，你不断调整，调整成一到两个口袋，看起来就简约、和谐了。

合理点是一种感应，一种内在的智慧，没有人告诉你，什么是合理点，是要靠你内在的感应和智慧去寻找、去获得的。你可以不断地调整自己，寻找这件事情的合理点。

（五）明智法则

明智就是做事情的最优法则，按照最明智的方法处理事情，按照最有利于自己的方法来做事。明智就是用最聪明的办法，在各种办法中选择最优办法。

（六）冷静力

理智之道还是一种冷眼看待事情的能力、冷眼看待人的能力。要能以冷静之心对待人和事，这样就能有一种理智。

（七）透过现象看本质

本质才是事情的本来面貌、根本规律，人必须能透过现象看本质、分析事情的本质。

要想理智地看待事物，需要具备四种方法：

1.眯着眼睛看，看事物本质

看清事物的内在构造和内在规律，掌握事情的本质。

2.睁着眼睛看，看全貌，定性事情

睁大眼睛看事物的全貌、整个形象。

3.放眼看，看今后的发展和结果

看事物的发展规律、长期发展方向。

4.远看，把事情缩小

把事物缩小看，远观远瞧。

四种方法是工具，帮你理智的工具，明晰地看待事情、看待别人、看待自己，是生而为人的责任。

人一旦理智地看待事情，明智地处理问题，人的聪明才智就能应付一切局面，足够把自己过好。

以上讲述了理智之道的七个原则，愿你总能把事情做对，愿你理智，愿你明智，愿你在人生路上获得丰收。

自然法则是最高法则

如果要问什么是最高的法则，我会说是自然法则，现实加上理智再加上道德就是自然，自然就是按照自然规律办事，让事情自然而然地发展，不过多干预。自然法则还是变动的法则，万事万物都在变动，要根据事物的变化决定你的现实、你的理智和道德。道德和智慧是重要的，但道德必须遵循自然的规律。

植物生长得好必须遵循自然规律，遵循现实、理智和道德是不够的，必须研究自然规律，我们知道了现实、理智和道德，拘泥于现实和道德又是不对的，应该遵循的是自然。

太阳升起、月亮落下、草木枯萎、潮涨潮落、鸟儿飞翔都遵循的是自然法则。自然有一种内在的规律，这种规律就叫作自然规律。作为人，同样应该遵循自然法则，该做什么事的时候就做什么事，不要违逆自然规律。

说话的艺术

你说什么语言是由自己决定的，你的语言决定了自己的命运，别人不知道你心里想什么，一点儿也不知道，人心隔肚皮，你只有靠表达，别人才能理解你，但你从不表达，那就不行，应该用正确、认真、明智的语言，认真表达自己，让别人了解你，了解你的想法，了解你的态度。

可是，大部分时候，我们的语言成了习惯，被情绪掌控着，被小时候其他人的粗俗语言影响着，连一分钟都没考虑过，自己该说什么，什么是正确明智的语言表达，就像连环炮一样脱口而出，这些错误的语言，也导致了自己命运的悲惨。

从现在开始，你要善于表达自己，亮出自己的观点，每句话就像放话给世界听一样，一句一句认真地说话，让你的表达发自真心，并且经过聪明的大脑的加工。

说话的障碍就是："你要会说话""你不善于说话"的这种概念和观念，横在那里，阻挡了你自由表达，让你没了自信。说话没有固定的格式，但你要先去除"人要爱说话、会说话，某人会说话，就要模仿他"这些陈旧的观念。所以，首先你要自由、自信，只有拥有自由、自信之心，说自在、自信的话，才能让说话这件事变成艺术，变成一种享受。其次，你说的话必须出于真诚之心，你在自由真诚之心下，表达你该表达的，就对了。

有了自由、自信、真诚之心，还要学会以下八个技巧：

1. 首先你要说就近的话，从离你最近的事物上找话题。当别人气喘吁吁地从外面回来，你不要说"人生的哲理是什么"，而要说"你渴不渴，从哪儿来的"，你说话山高路远就不行。

2. 你要学会说些客套话，如"最近生意怎么样啊？""家里有几口人啊？"等等。

3. 你要学会说些有价值的话，当别人问你问题、和你探讨问题时，你就应该说真诚和有价值、有深度的话。

4. 你要学会说委婉的话，说话不要直。

5. 你要学会认真把事情说清楚，当别人问你问题时，你要认真地把事情解释清楚，而不要说"一切尽在不言中"，形成误解。

6. 你要学会据理力争，敢于和别人争辩，敢于表达自己的不同见解，但你的方式要委婉。

7. 你要说些鼓舞人心、温暖人心、正面的话，能给人以鼓舞、鼓励，"良言一句三冬暖"，别人会久久记得你的鼓励的。

8. 你要绕着圈子说话，让别人主动，让别人把你想说的话主动说出来，成为他自己的话。

有了以上的心态和技巧，你还要仔细分辨时机，考虑方法，"三思而后说"，切忌口无遮拦、张口就说、随便使用语言这个宝贵的资源，话不能随便说，贵人话语少、话语迟。

关于生命的意义

有人问
人生的好处是什么
我说
人生不是来论好处的
人生是来取得意义的
是来体验生命 体验生活的
吃饭穿衣 有适宜的居所
这些不是生命的目标
是生活的保障
是生活的必需品
真正的生命意义在于
你要做有价值的事情
你要活出尊严 活出价值来

人生的意义不在于获得
获得的东西是附属品
是一种体验
你体验了生命 体验了生活
体验对了 生活就给你奖品
体验错了 生活就给你窘迫

比如 一个人体验了当坏人 害别人

生活就回报给他厄运和贫穷 灾难

一个人体验协助他人 行大道 维护众人的利益

生活就给他奖品 给他好的前程

换句话说

你直奔奖品去是不行的

你要奔着你的使命去 去做好事

你才能获得奖品

比如 一个人的终极目标是赚大钱

为了钱不择手段

生活是不会给他钱的

再比如 一个人的终极目标是做一个利于他人的人

除了内心的体验 精神的成长 生活还会给他丰富的奖品

人生的意义还在于成长自己的灵魂

让你的灵魂变得睿智 有力量 理智

你看事情 做事情 精明而理智

行动精准

这也是你人生的意义

人生的意义还在于体验做一个相对完美的人

完美的人不是说成功成什么样子

而是要有一颗智慧 勇敢之心

你克服了人生给的一切障碍

在克服障碍的过程中获得了宝贵的体验

获得了宝贵的精神成长

这也是生命的意义

生命的意义还在于与万物和谐共存

总之 生命是有意义的

生命的意义 不是你看得见的某种东西

而是某种东西背后的精神力量

那才是生命的意义

行走的缺点机器人

我们都是行走的缺点机器人

每个人带着缺点和无知而不自知

任由缺点和习气掌握着人

不断说闲话　不断行动　不断造作

给别人带来很多困扰和厌恶

最后被人戕害都不知

然后继续流浪

与其这样

不如找一个时间

闭上眼睛

看自己内在发生了什么

可能是内在被无数的痛苦和冷寂包围

于是每天不停地说话　嫉妒　愤恨　造作

用那些行动和言语

给自己招来灾祸

可能是内在怀着自卑心　自大心　软弱之心　恨人之心

受伤的心

也可能是小时候做错事

责怪自己

自责造就了自卑之心

自卑造就了嫉妒之心

嫉妒造就了恨人之心

再者 你因为有自卑心

你就开始爱别人

就会中"勾魂术""迷心术"

"怒吼术""催眠术"

从此失去了自己

再者

你因为自卑和软弱心

你就开始恐惧

你有恐惧心 就能被人吓唬 操纵 做坏事

最后招来恶果

这些心

让自己成了缺点机器人

每天带着缺点 如同机器人在行走

成了造作机器人

要想改变

你就要修炼内心

等你修炼好了

你就成了行走的优点机器人

成了行走的自在机器人

你所做的事都是对的事

和谐的事

所以 你不再造作 不再嫉妒 不再说闲话

不再恨人

你做的事都是对的事

所以 天下无事

关于羞愧心

　　人会为过去的自己感到愧疚，哪怕是昨天说的一句简单的话、做的一件简单的事，今天看起来，也是不堪的，更何况我们在过去爱这个、爱那个，拿到今天来看，会让你感到深深的愧疚，无论过去我们爱谁、恨谁，都会感到深深的愧疚，继而我们会讨厌过去的自己，讨厌现在的自己。当你愧疚，你将失去自己身体的主宰权。

　　所以，我们应该去掉深深的愧疚感，去掉对过去的羞愧，但这很难，因为羞愧的事就放在那儿，还有人不断提醒你，让你的羞愧不断增加。

　　找一个时间，想象自己躺在一望无际的草地上，闭上眼睛，回想令自己羞愧的事，一件一件地回想，看看有什么涌上心头（停顿一分钟），你考虑一下，是什么导致了你有羞愧感（停顿一分钟），你在心里一遍一遍说服自己，尽量说服自己，减少你的羞愧感。

　　这中间的第一个解是，你要停止继续做羞愧的事。当你做错事，你就羞愧，所以，你要做对的事，巴结别人无疑是错的事，你做错的事，你就羞愧，你做符合理智和现实的事，你就不羞愧，我们要时刻保持理智，保持清醒，认清现实，才不会羞愧。

　　第二个解是你要对过去肯定。你要肯定过去，为过去感到光荣，不要觉得过去是羞愧的，不要觉得羞愧，你要向自己的过去致敬，你要肯定自己的过去，为过去感到光荣，而不是羞耻，毕竟，过去的你成就了今天的你，过去的你构成了现在的你。

　　过去就是过去，看你怎么看待它，你觉得好，现在就好了，你觉得羞愧，现在就是失败的人生。所以，觉得自己的过去光荣吧，在那个时刻，你只能那样，还能怎么样？

关于自由

自由
就是在内心里成为自己
成为自己的主宰
不再恐惧任何外界
不再对外界有任何欲望
不再对外界有任何的攀附
心在自己的天地里
是能掌握自己的心
心不外驰
是活出真正的自己
自己就是自己的中心
就是世界的中心
鸟儿来了 向鸟儿致意
春风来了 就享受春天
树叶落下 也成为你的风景
夕阳西下 你做那抹晚霞
自由是内心的修炼
是成为自己的自己
这也不是让你散漫成什么样子
是内在的自由

你的内在自由

外在遵守约束和规范以及道德

就是真正的完美

就是真正的自由

要不然怎么办呢

你内在不自由

你恐惧别人

你充满欲望

你由此和别人结成联盟关系

生怕别人跑了

时刻看管着对方

你不顾自己的一切

不成长自己

你只顾看管对方

你只顾看对方的脸色

这样一来

你就失去了进化的机会

失去了自由

就不能成为内在的盛开的花

就开始萎缩

你在对方眼里也失去了原有的魅力

这才是失败的策略

你要自由

要成长 要自在
不要被某种关系囚禁住
这种关系前三天是好的
此后都会活在束缚和痛苦中
不值得采用
所以
以后当一个自由自在的人
也不是让你成为一个绝缘体
也不是这个意思
是要成为自在的人
当你爱一个人
你就选择和一个人相处
选择和一个人共同度过一段时间
然后
你下一次又做了同样的选择
你甚至不做同样的选择
也可以
但你大概率会做同样的选择
自由是生而为人的尊严
是自己快乐的源泉
什么时候都不能丢了自由
没有自由
也就没有爱

关于自由

你不可能爱一个你看管的人
你会爱一个自由自在的灵魂
人只有自由自在才有魅力
然后你在自由自在中
偶尔选择你的伙伴
这是可以的
所以 奉劝大家
要自由
要勇敢地走向自由
要成为真正的自己
要在内心里自由自在

恢复你的阳光之心

你的心本来善良、纯净、阳光，但它得到了错误的"程序"，你被错误的"程序"蒙蔽了，变成了别人看起来的坏人，现在，你花些时间，去恢复你的阳光之心，让阳光照进你心灵，让你的心灵如清晨的花香，如鸟儿的歌唱。

心灵是我们所拥有的一种东西，是我们的朋友，不是你的主宰，是被你所用的。现在，想象一个黄色的电灯泡照在头顶，让灯光照进你心灵，看看心灵发生了什么？看看你心灵有哪些"程序"，有哪些错误的"程序"？你的心灵本来充满阳光，但有时候，你看起来不那么阳光，不那么正直，你现在看看，你心灵里装了什么"程序"？有什么坏的记忆？现在，是时候更正这些记忆和"程序"了，是时候整理自己的"内存"了，让你的"内存"看起来清爽些、阳光些。

现在让灯光照进你的大脑，大脑是自己所拥有的东西，是你的朋友，不是你的主宰，是被你所用的。现在看看你大脑里装了什么"程序"？装了什么记忆？是时候关爱你的大脑了，看它发生了什么事情？看看有什么坏的记忆和"程序"？给大脑说："你是好大脑"。

现在，让灯光照亮你的身体各个部分，像扫描仪扫描一样，看看身体的各部分有什么状况？是不是被各种情绪压抑着，被各种压力压迫着？看看有没有喜、怒、忧、思、悲、恐、惊压抑着身体的某个部分？看看是不是让压抑情绪压迫着你身体的某个器官？

现在，请你回到现实，看看你的内心是不是清净、纯净多了？是不是恢复你本来清净无为的阳光之心了？要知道，生命没有主宰，连你头上照亮你的灯也不是主宰，只是一种工具和装置，是被你所用的，而你，就是那个觉察者。

朋友们，愿你有一颗清净、自在的阳光之心，愿你总能看清现实，愿你的生活快乐轻松，愿你在尘世获得美好的体验。

嫉妒心冥想疗法

嫉妒是女人的专利，又不是女人的专利。当嫉妒心升起时，比较心、自卑心、恨心、得不到的心，爱恨交织，在心头汹涌澎湃，有嫉妒心的人无法平静、无法和谐、无法理智，整个人仿佛被嫉妒挟持了。

现在，请你找一个舒适安静的场所，舒服地躺下来，闭上眼睛，我们一起来进行这趟心灵之旅。现在你慢慢地回到一个你最最嫉妒的情景，看看那时发生了什么？看看那个情景中你内心有什么心情升起？把每种心情剖析一下，看看是什么心在作怪？有些人有恨心、自卑心、比较心、害人的心、被别人挑拨的心，看看你有哪些心？

然后慢慢回忆自己的嫉妒心……（停顿两分钟）

现在，请你回到你最自卑的时候，看看当时发生了什么，然后用现在的你给过去自信心，疗愈自卑心。接着你回到别人让你嫉妒的那个场景，看看和谁比较了？内心发生了什么？

就这样一种心情、一种心情地回忆，看看嫉妒心到底是什么……就这样一次一次更改你的内心。

现在你已经是一个心胸宽阔、不嫉妒的人了，你能祝福和你同类型的人，看到别人的长处，你能随喜赞叹，你对外界充满善意，你希望别人都过得好，你祝福了别人，自己也会得到一份祝福，更大的一份，你是个好女人或好男人。

建立自信与自我肯定冥想

自信是一个人安身立命的基础，一个人只有自信才能快乐地生活、快乐地在地球上行走。如果不自信，就不敢社交，不敢走到人群中去，看到比自己优秀的，就会产生嫉妒和恨心。解决的办法：第一是认清自己的定位，认清自己的特长和优点；第二是在内心肯定自己，强化自己的优势，建立自信，建立正确的人生观。下面我们来进行冥想：

现在，请你闭上眼睛，开始想象自己的定位，自己处于什么位置。什么位置该有什么优点，如果你生活在农村，只要有农村人的优点就应该肯定自己，不应该和央视主持人比，你要先找到自己的定位，看看自己所在的位置。接下来，想象面前有一张大纸，上面罗列了你的优点，现在看看你的优点是什么？继续一条一条地写，看看能写多少条……（两分钟）

接着，请你在你列的优点后面，总结一句肯定句，一句琅琅上口的肯定句，有多少优点就写多少肯定句，如果你在你村里长得还算漂亮，你就写上"在我的位置我很漂亮"，还有勤劳、开朗、乐观、坚强等等，有多少条列多少条。想象这些肯定句进入心灵系统，能写多少遍就写多少遍，直到你印象深刻为止。

现在，看看你自己以前和谁比了？看看比得是否合理？自己只能和自己比，不能和任何人比，自己一天比一天好，做最完美的自己，是自己的新目标。以后，一旦和别人比较，就立刻警觉。

比较产生了嫉妒和自卑心，当你不和别人比较，只和昨天的自己比较，一天过得比一天好，嫉妒和自卑心自然会消除。

找到自己的定位和位置很重要，你的定位决定了你应该有什么样的着装、说什么语言、过什么生活、交什么朋友、做什么事业，决定了你的未来规划。

现在，看看你是不是成为一个自信的人了？成为一个客观现实的人了？既不盲目乐观又不自卑，你是个快乐自信的人了。

现在说以下肯定句：

我在我的位置上，我很优秀、很出色，我做得很好。我不应该对自己要求太高，我是个善良聪明的人，我有自己的特长，我在一些方面做得很好。我是个出色优秀的人，我踏踏实实，我很开心，我很自信。

我穿着朴素干净就行了，我长相朴实善良就行了，我在工作岗位上认真做事就行了，我赚的钱够生活就行了，不能要求太高。我一点儿也没有欲望，我朴实而平凡，这就是人最好的状态，我做得很好，我是个很好的人、很自信的人。

现在，请你回到现实，看看自己，是不是比以前自信乐观了？朋友们，愿你是个乐观、自信、坚定、朴实的人，愿你自在。

接受现实

看见现实的能力是由人的理智水平决定的，人一定要有看见现实的能力，否则总是云里雾里，看不清现实，就会不理智，不能根据客观现实、客观规律办事。

看见现实后，还要能接受现实，接受现实的能力决定了人的水平。往往很多人接受不了现实，接受不了现实就会乱发脾气，就会控制不住自己。人的重要任务是接受现实，然后才能不抱怨，才能研究客观现实，才能根据现实规律办事。

看见现实、接受现实后还要能改变现实，改变现实是建立在看见现实和接受现实的基础上的，看见现实后，现实有客观发展的规律，客观规律带领你改变现实。不要把着力点放在改变现实上，如果注重改变现实，就会背离现实，反而改变不了现实。

善良就是坚守正道

千百年来，人们对善良的含义无法解释，认为对人好就是善良，与人为善就是善良，一味当好人，不管对面是什么人、什么事，一味地好。而好往往包含着软弱、妥协，好人往往被欺负，就是因为好人太软弱了。

当你不知道好的真正含义，一味地心软、做好人，你也努力了，但往往还得不到好，受挫后，你就开始不善了，是因为你误解了善的含义了。

其实真正的善良就是坚守正道，"人间正道是沧桑"。坚守正道就是把事情做对，不仅把事情做好，甚至不是传统意义上的"好"。坚守正道中包含着善良，也包含着积极进取、敢于斗争、勇敢、智慧等。

与坏人为伍、对坏人善，就是恶，因为你的善良没有坚守正道。一味软弱纵容了别人做坏事、纵容了坏人，这也不是善，因为没有坚守正道。

总之，善良就是坚守正道，坚守正道中包含了你说的善，还有更多的含义。

论自由

人是自由的，人是生命的主体，你不要被外界牵绊，不要在乎外界的任何东西，你要保持自由。当你对你的穿着在意的时候，你就被衣服牵绊了，你无法自由；当你对你的权力在意的时候，你就成了权力的附属品，你时刻看管你的权力，无法自由；当你对你的地位在意的时候，你会时刻在意自己的表现，你就被地位牵绊了，你无法自由。

自由的意思是你要成为自己的主宰，活成自己，不要活成外在。当你有自由的时候，你就有了理智和智慧，有了力量，于是外在就成了你的附属品，成为你的配合者。

自由是最重要的，当你在爱情、婚姻里不自由，你就成了爱情和婚姻的奴隶，你没有了自由。

现在，请闭上眼睛，想象在一望无际的草原上有个大大的舞台，有十万人观看你跳舞和唱歌，现在想象你跳起旋转舞，你仔细看看是什么在牵扯着你，让你不能自在地跳舞？你在乎的是什么？（停顿一分钟）现在所有人都静下来听你唱歌，看看是什么在阻止你自在地歌唱？（停顿一分钟）

现在你该知道，你是多么不自由了吧！

在世上所有的事情中，自由最重要，在世上所有的享受中，自由最享受。自由不是让你散漫成什么样子，放纵成什么样子，你不要误解了自由，自由就是人要成为自己的主宰，不要被外界影响，不要让外界主宰你，你要主宰你自己。我说的自由，就是这个意思，没有别的意思，你不要多想，不要马上跑到邻居家撒野，不是那个意思，而是你在心灵中自由。

亲爱的朋友，你自由吗？愿你像风一样自由。

论
自
由

你一定要会用你的心

你不一定要会驾驶汽车，但你一定要会用你的心，你受的苦都是因为你无法掌握内心，无法在内心说服自己，无法觉察自己内心发生了什么，任由澎湃不安的内心牵扯着你胡乱作为，让你扰乱了世界的秩序，做了很多错事，才引来让你受苦的结局。

你的内心就是你的人生，内心越平静，生活就越平静。内心如野马、如泥泞沼泽，内心如乞丐，你很难掌握，你一会儿东一会儿西，一会儿狂躁一会儿自卑，一会儿自大傲慢一会儿自卑抑郁，一会儿哭泣，东拉西扯地变成奇怪的人，很像别人认为的坏人。你无法掌控你的心，如同无法掌握你的行为、人生，你被控制住了，你尽量想让自己平静下来，但外界不这么干，外界迟早会让你内心澎湃不安。

不会用心就如同蒙着眼睛走在汽车道上，看不到红绿灯，不能避开过往的车辆，胡碰乱撞，最后自己肯定受损失。

这世界就是由无数不会掌握内心的人组成的，所以，这也是个危险的世界，无法掌握内心，让内心被痛苦、仇恨、无知、嫉妒、肤浅掌握着，任由自己内心造作。

这也是个值得同情的世界，很多人只是想错了，只是任由自己内心造作，就要受无边的苦，没有人告诉他一个修心的办法，不曾一次闭上眼睛，走进自己内心世界，看看内心里发生了什么，就要受无尽的苦，实在可怜。

亲爱的朋友，你一定要会用你的心。多年来，你一直用同一心灵，也许你的身体会变，但你的心灵不会变，你一直携带着同一心灵，走过人生之路，你一定要学会用心，真正掌握心的运行法则。

第一，要让你的心灵保持平静、纯净，不要积累怨气、恨气、嫉妒心，当怨气来了，要会消解它，否则会堵在心里，形成心理疾病，那些怨气还会吸引同类型的情绪到你生命中，让你的境遇更加坎坷。有时候，因为小时候的一件难过的事，你就卡在那里了，一辈子都在抱怨这一件事，这样就毁了自己的一辈子。无论发生什么，都要让内心平静、放空，好迎接第二天的事情，好让你的心灵接受新鲜的事物。

第二，你要会说服自己，无论你遇到什么事，你都要有能力说服自己，否则怎么办呢？你要用理智对待，遇到事情后要冷静，不要激动，更不要意气用事，要先说服自己。

第三，提高你运用心灵的智慧和技巧，你要会感悟事情的真相，了解事情的原理。

第四，你要重视心灵，让它被高品质的能量充满。

你不一定要重视你的衣服、你的外表、你的金钱、你的车子，但一定要会驾驭你的心灵，重视心灵的品质。

去除恐惧的冥想

怕和恐惧是人类最基本、最深的一种情绪和情感，当你以怕为出发点，你就会做很多错事，当你不怕，你就滋生出了自在、自由、信任、智慧。

世上没有一个从不害怕的人，没有一个不心怀恐惧的人，你一次对黑暗感到怕，就会怕一切黑色的东西，怕晚上出门，怕毛毛虫，怕黑猫，怕一切黑的东西。你有一次对到人群中间感到怕，就会怕所有的社交，怕一切的演讲，怕一切的人。怕是很讨厌的东西，你怕你的配偶，所以你的一切行为都变了味，再也不堂堂正正，你每天做事、说话都是从怕开始，此后离真正的你越来越远了。你一次怕领导，你就会一生都怕各种领导，见到领导就紧张。你怕考试，所以你会怕一切的老师，怕一切的严肃场合。小时候受过虐待的人，长大后，可能就会虐待世界。你一次受过惊吓，可能就会怕打雷、怕老鼠、怕蜜蜂。当你怕，你就没有好的睡眠，因为睡眠是走向茫茫的未知的，你不敢把自己交给睡眠。

谁最不怕，谁最明智，谁就将是人生的赢家，这就是生命和生活给我们的考验，是生而为人的考卷。你很难调出"怕的程序"，怕如影随形，你很难察觉，深入心灵，是你灵魂受到了伤害。

找一个舒服的地方躺下来，闭上眼睛，想象在一个空旷的场地上，大荧幕上放着电影，这时候，慢慢地，大屏幕合起来了，你在大屏幕后面看到了什么？有什么恐惧的画面？有什么人在里面？（停顿一分钟）然后，大屏幕又慢慢地打开了，又开始放电影，过一会儿，大屏幕又慢慢地合起来了，在屏幕后面，你又看到了什么？（停顿一分钟）

　　你做得很好，就这样，慢慢地打开、合上大屏幕，你内心的恐惧一幕一幕地展现，要知道，一旦展现，它就消失了。（停顿一分钟）很好，就这样，你慢慢地回忆……

　　然后闭上眼睛，想象有一口井，在井里的黑暗处你看到了什么？（停顿一分钟）想象有一个瀑布，你随着瀑布掉下去，你最恐惧、最想抓住的是什么？恐惧的人是不敢随瀑布顺流而下的。想象有一个黑暗的箱子，箱子里都是恐怖的事物，看看你看到了什么？

　　怕是智慧和理智的反面，你怕、恐惧，你就没有智慧了，就没有理智了。你心灵中第一件要紧事就是去除"怕的程序"，不怕了，你的思路就正确了，你的睡眠也会好起来。

去除自卑心冥想

自卑是一种压力、一种压抑、一种认为自己受辱的时候产生的心态。自卑者往往会有恨心，发誓一定要比世界上任何人强。

自卑是在还没建立对世界的安全感、还没找到自己的位置的时候，面对众人的嘲笑和比较，造成的"心灵压抑症"，这种压抑会导致你长大后拼命追求自己小时候所压抑的、所受辱的、所短缺的东西。

去除自卑的第一步是检查自己在哪些方面有自卑和压抑，在哪些方面有执着，拼命想掩盖自己的哪些部分。想象一束光照到自己身上，看看是哪些东西牵着你，让你不敢面对众人？

第二步是回溯到小时候，找到发生这件事的源头，去看看，是哪些场景导致自己自卑的？

第三步，反复给自己说，自己是可爱的、完美的、不短缺的、优秀的，给自己建立一个优秀的形象。

面对世界的压力，人人都是自卑的，我们要怀着慈悲的心态对待他人，不要拿别人的缺点取笑，不要嘲笑别人，不要当众议论别人，即便那是善意的。

现在，请你闭上眼睛，跟着音乐，想象第一次自卑发生在什么时候？那时候的场景是什么？别人都说了什么话？你的内心起了什么反应？然后接着想第二件自卑的事，看看当时发生了什么？有什么人和什么事……（停顿两分钟）

现在，开始用你的方式疗愈自卑心，你可以安慰和开解自己、说服自己，也可以夸奖自己，也可以重回过去再体验一遍……（停顿一分钟）

现在，想象你来到一个大公园里，公园里百花盛开，在公园的中央，正在举办一个大型舞会，舞会上人人都穿着体面精致的衣服，拿着红酒杯，现在想象自己的形象，自己的内心有什么感受？

然后回到心灵最深处，看看你的自卑感的来源，可能是因为你的衣服不太好，想象自己小时候对衣服的感受，一件件地回想，想象自己有很多很多衣服，长大后，穿上了最舒服、最漂亮的衣服。这时候，你重新来到舞会，看看自己的内心感受，是不是好多了？然后就这样观想两分钟……

现在对自己说：我的衣服很合体和舒服，我的衣服很好，我很自信，我很快乐，我很自在。

现在，想象自己成为全新的自己了，想象自己很自信的样子，在各方面都很自信，想象一个场景，想象自己快乐自信地行走、社交、游玩。（停顿一分钟）

就这样，多练习几遍。祝你成为一个快乐自信的人。

去除自卑心冥想

131

去掉欲望冥想

现在，请你找一个舒适安静的场所，舒服地躺下来，闭上眼睛，让阳光洒在你身上，慢慢地进入心灵最深处。现在你回到一个你充满欲望的情景，看看发生了什么？看看那个情景有什么不好的地方……（停顿一分钟）

欲望是不必有的东西，它如凸透镜一样障在你眼前，让你看不清现实，你看不清现实就不理智，就无法把事情处理好，就无法正确看待人、事、物，就如同隔空打拳。

当你在什么方面有欲望，就如同钻进一个万花筒，不停地追逐眼前的幻像。一个因为生活在农村而自卑的人，一辈子都会追求城里人的生活，有了这个欲望，就一辈子追求，除非自卑解除、欲望解除。一个梦想成为富翁的人，有了赚钱的欲望，会一辈子紧紧抓着钱不放，看不清赚钱的真理，常会在赚钱的道路上失败。一个因个子矮而自卑的人，一辈子都会追求高个子，除非去除自卑、去除欲望。

总之，欲望是你必须要去除的，因为它是你成功路上的拦路虎，是你的虚荣心、自卑心的表现，是让你看不清现实的东西。

你可以想象有一个帷幕，拉开帷幕，你看到欲望的背后是什么？你看到了什么情景？有些人看到了自卑、恐惧和压抑，你看到了什么？（停顿一分钟）慢慢地体会当时的感觉，想象刚才的阳光照进你心灵里，开始疗愈你的自卑、创伤和压抑、恐惧。想象一个吸尘器把不快乐的心情和场景都吸走了，留下来的只有安宁和幸福。

就这样一个欲望、一个欲望地回想、回溯，然后把欲望修改、去除，改成脚踏实地、日子一天比一天好的场景。（停顿一分钟）

从此以后，你是一个无欲无求、脚踏实地的人，你是一个快乐自在地活在当下的人，路在脚下，快乐在当下。

去掉欲望冥想

盛开自己的花朵

你唯一的任务就是成为最优秀的自己，而不是别人，成为适合自己的自己、独特的自己、独一无二的自己。

你生下来就是一颗种子，你不发你的芽、长你的树，每天被风携带着四处飘荡，羡慕别的树木和花，然后到头来你都是一颗种子，因为你没有用心去开你的花、长你的树干，森林也因为缺了独一无二的你变得不完美。你生下来有自己独一无二的花，你盛开它吧，你长你自己的树干吧，不要把精力全用在别人的花朵上。

生活是一场体验，是欣赏一路风景，是养生养心，是一种内在的开花过程，是体验人生冷暖，是自己与世界的一场恋爱，是一趟悠闲浪漫之旅。若将生命开成花，人生何处不芳华？

生活不是一种激进、一种点燃雄心只为某种欲望的过程，不是一种为了更高的目标而奔跑的比赛，不是一种竞争，不是焦虑紧张只为成功的过程，不是要高人一等，你错误地理解了生命，你每日奔波，生命才会贫瘠。

生命的花，是做你本来的自己，让外界一切都为你服务，一切都成为你的营养。当你工作时，你如果喜欢你的工作，就会一味沉浸在你的工作中，这样一来，工作不再会消耗你，不再是你的负累，工作成了给你带来某种荣耀的东西，甚至你根本想不到这个词，因为你只是在做你喜欢的事。

你必须为自己庆祝，成为自然让你成为的样子，走向自己真正的未来，走向繁荣。

盛开自己的花朵

守住本分冥想

守住本分就是守住万事万物的道，做自己该做的事，不要企图去做自己做不到的事。传统的观念认为我们要有远大的理想和抱负，去做人上人，去追求自己得不到的东西，这些本质都是欲望，都在制造一种缺乏感，这是不对的。

找时间拿一张纸，左边写下自己的生存现状，右边写下那些自己不切实际的欲望，去掉欲望的部分，人应该安于现状，安于当下，然后让生活过得一天比一天好。

安于当下非常重要，否则就会被欲望牵引着跑到莫名的未来。当蚂蚁就安于蚂蚁的日常，不要想成为大象，当大象就承担大象的责任，不要每天想着当蚂蚁。当人就努力把人当好，尽人的本分与责任，不断完善修炼自己。

守住本分，就是在自己平凡的岗位上，尽自己本分，得到社会的尊重和别人的感恩。现在闭上眼睛，你仔细考虑一下，你现在的位置是什么？你的本分是什么？你能让别人感恩你的是什么？如果是一个家庭主妇，你考虑你的本分是什么？你是一个工人，你的本分是什么？你是一个企业员工，你的本分是什么？别人会因为什么感恩你？如果你是个饭店员工，你的本分是什么？怎么做才能得到社会的尊重和感恩？如果你是个家长，你的本分是什么？如果你是个司机，你的本分是什么……（停顿两分钟）

现在，想想自己没有尽本分的事情，给别人带来什么影响和后果……（停顿一分钟）

　　守住自己的本分，日子过得一天比一天好，越来越获得社会的尊重和认可，获得越来越多的感恩，是我们的职责和作为人的本分所在。

问世间情为何物

这世间有一种东西
总叫你颠沛在世上
总给你苦难
总叫你看不清前路
做出糊涂的判断
让你一生一世受苦受难
让你执着
让你受尽煎熬
这就是人间的爱情
让你不理智的东西
是让你为了一个人不惜做出错误的决定
问世间情为何物
那是让你迷茫
让你牺牲自己的利益
甚至牺牲自己的一切也不回头的东西
蒙上含情脉脉的面纱
叫你受损失 受磨难也无法看清
让你甜蜜地沉沦
让你日夜思念
我们在世上受过苦难
主要受的苦就是感情的苦

朋友们

愿你早日理智

早日看清爱情这东西

我们得研究些事情的规律

我们得研究些事情的规律 规则

按照规律和真相活着

如果你不研究规律 不懂得世界的规则

你胡乱做事 闭门造车

迟早因为你的胡乱作为吃亏受苦

你开汽车 就要懂得汽车的构造和原理

你做衣服 就要知道衣服的设计原理和制作原理

你做食品 就要知道食品的制作原理

你种花 就要知道花的特性

你懂得了原理 按照原理做事

事情就简单明了了

你也因为掌握了技巧 就有了成就

同理

你和人打交道

也得了解些为人处世的原理

如果你不懂得对面人 不懂得别人 不理解别人

欠缺慈悲心

你就不会和别人对接

迟早产生矛盾

人心是世界上最复杂的事物

人心瞬息万变

我们凭着感觉胡乱做事 胡乱说话

这样这个世界才复杂 才混乱

才没有规则

换言之

我们人人懂得和理解别人

人人懂得人心的运作规则

按照规则活着

每个人都很了解别人

就很容易和别人打交道

这世界就很简单

人也会很善良 简单

不像现在

人复杂极了 乱极了

因为你不了解人 人才复杂的

如果你在某方面懂得了规律和规则

某方面就简单

你在某方面吃亏受苦

就说明你在某方面不懂规则

不了解真相

任由自己的情绪和无知掌控着 胡作非为

所以 人的任务首先是看清真相

然后研究事情的规律

按照规律和真相活着
这样你做的事就能顺利 成功
这个世界就简单明了了

我们得研究些事情的规律

你有多自卑 就有多爱人

我们常以为的爱，其实是一种自卑心，当你自卑，你紧紧抓住那些你自卑的反面，好让你看起来有面子一些。如果你是农村人，你的目标就是找个城人，好掩盖你不是城里人的自卑。当你胖，你自卑，你就认为苗条的人才有面子。当你贫穷，你就要找一个有钱人家的人，哪怕是假有钱的人，只要能掩盖你贫穷的真相就行。当你笨，你就喜欢那些看起来聪明灵巧的人。总之，你为了掩盖你的自卑心，无所不用其极，你紧抓住事物的反面，而且，你把这种紧抓行为叫作爱情，于是你为了你的爱情受尽苦头，你越苦，就越自卑，越自卑就越有爱情。

当你喜欢大雁往南飞，喜欢白云自在地在天空游荡，你不会把大雁时刻留在身边，你也不会与白云时刻亲切，你只是祝福它们飞得高、飞得自在。如果你的爱，不是祝福，不是让对方自由，那都是自卑心。

所以，不要时刻炫耀自己，认为自己个子高、长得帅，就会有个子低的、丑的人爱上你；认为自己洋气，就会有土的人紧抓住你不放；认为自己有钱，立刻会有穷人看上你、迷惑你；认为自己聪明，身边就会有笨蛋。真正厉害的人，懂得隐藏自己，不被这个世界得到，不被别人得到，让谁都看不上，认为看不上是一种荣耀。否则，让你的相反面紧抓住你，有什么自由可言？有什么荣耀可言？

你若要去除假爱情，你受够了，你就要去除你的自卑心，回到事情的源头，看看是什么让你自卑的，可能是某种情绪、某件事、某句话。然后给自己增加自信的"程序"、自信的"软件"，再看看你所谓的爱情发生了什么变化？

你有多自卑 就有多爱人

平常心是道

如果心灵有跷跷板，那么跷跷板中间的平衡位置就叫作平常心，也叫作平和、平淡、淡然。

如果让心灵每天都处于兴奋喜悦中，那么跷跷板的另一端——悲伤就会翘起来显现；如果让心灵处于欲望中，每天被各种欲望充斥，那么跷跷板的另一端——短缺、缺乏就会显现；当你心里想往高处走的时候，作为另一端的现实就到达了低处。当你想上，必然会下，当你心里想强大，跷跷板的另一端——弱小必然会翘起来，发生在现实中。

仔细检查自己的心灵跷跷板，看看自己的欲望在哪里？看看自己心灵中的什么翘起来了？心灵中又有什么短缺的？看看哪些心灵"程序"失去了平常心？如果过分爱一个人，把对方看重了，失去平常心，跷跷板的另一端——别人就会把你看轻，欺负你；如果你对金钱很紧张，金钱就会怕你、远离你；如果你对人生恐惧、害怕，不把它平常化，人生就会有恐怖的事发生。

嫉妒心就是一种内在不平衡心态的展现，嫉妒心的本质就是自卑和短缺。当一个人过于有才华并炫耀，就会造成别人的嫉妒。当一个人拥有美貌并自以为是，就会有一些人嫉妒。这中间的解是要有平常心，不炫耀才华、美貌、富有即可，内心不自以为是就行。

尽量使自己的各项"心灵指标"都在中间位置，有些可以在反面位置，为了让更好的事发生。如果你不会玩跷跷板游戏，你就让各项"心灵指标"都保持淡然、平淡、平和，保持永久不变的平常心，让它平常化。

　　自然道就是平常心，就是遵循事物内在的规律，按照内在的规律办事，当你愤怒时你表达愤怒，当你快乐时你表达快乐，当你爱时你就爱，当你做事情时就用平常心做事，这后面的指导者是一颗平常、平凡、平静、真诚的心，不能做作。

平常心是道

云在青天水在瓶

这个世界是清楚明了的世界，万物遵循一定的规则，是按照现实规律运作的，每件事都是客观存在的。

植物生长遵循内在的生长规律，依赖外在的生长环境，绝不是某种神秘事物让植物生长起来的。

同理，鸟儿飞翔、太阳升起、树叶落下、四季更替、潮起潮落都是按照内在的规律运行的。不要迷信某种神秘事物，不要把事物迷信化、神秘化。

云在青天水在瓶，行到水穷时，坐看云起时，一切是那样清楚明了、悠然自得。不要纠结，也不要有太多的情绪，不要有太多想象力，让一切自然地生长，让一切自在地存在。

当你不了解现实的规律、不了解现实理论、不能根据客观现实办事时，就会盲目崇拜外界，迷信某种神秘事物，被外界莫名的力量所掌控，就会扰乱社会的秩序，给自己带来困扰和麻烦。

当你的世界清楚明了，你就能把事情做对，你做的事情就能合理化，你的意识就如同镜子一样照见了现实，你做的事情就简单明了了，总是符合实际，就不会扰乱世界的秩序，不会给自己带来困扰了，就能在人世获得应有的体验和收获，就能快乐、自在。

反之，你的意识不像平面镜，反而在欲望和自卑、自大、嫉妒的影响下，变成了放大镜，你想象一下，你的人生会变成什么样？你看不到前行的路，看不清朋友，整天胡说话、乱作为，然后又带着情绪哭闹，这样一来，你在人世能顺利吗？你能获得成功吗？你的生活能如意吗？

亲爱的朋友，愿你总能现实，总能看见现实，总能理智。

云在青天水在瓶

149

正确决策决定人的命运

我们的命运是由每个决策编织的，你总是做正确明智的决策，你就有好的命运，你总做错误决策，你就有坏的命运，这很简单。

我们的命运不是上天决定的，也不是某种运程决定的，而是我们每个当下起心动念的决策决定的。当你决定夏天穿棉袄、决定雨天放风筝、决定在墙上种树、决定在冰上行走，你都可能是错误的，这些错误决定了你命运不好。没有任何的力量让你命运不好，唯有决策。

我们每天都在做决策，如果一直做错误决策，你就要承担决策的后果，你就会有悲惨的命运，人生就是做决策然后承担决策后果的过程。当你总做正确决策，就有好的结果，人每时每刻都在修造自己的命运。

也许我们无法决定自己的父母是谁，但我们可以决定自己的行为、决定和父母互动的方式、决定自己的学业、决定自己的工作、决定自己说话做事和处理问题的方式，我们可掌握的太多了，但我们偏偏不研究正确决策，稀里糊涂地行动，才成为了今天的我们。

你的理智水平决定了你的决策，理智就是看清事情的真相。当你看清真相，按照真相活着，做出正确的决策，事情顺利而简单，结果就是顺利的。当你看不清事情真相时，就会被假象所迷惑，事情就乱、就复杂。

　　找一个时间，闭上眼睛，想想自己哪些错误决策导致了今天的命运？想想是不是命运是由无数决策编织的？现在每个当下就是做新决策的时间，谨慎地为未来编织美好吧，谨慎地做新决策吧。

正确决策决定人的命运

心平学说

心平，如同平静的湖面反射的倒影，如同照镜子，能反射出事情的原貌，你能看清楚事情，就能按事情的规律办事，就能符合真理。反之，以激动的心情看待事情，则事情呈现不真实的状态，呈现不平衡的状态，这种心情下办的事就不符合真理、不顺利，以后必有坎坷。

"想发财，穷得快"，对想发财这件事存有不平衡的心态，妄想赚大钱，这是欲望，可能很快会有赚大钱的机会，但赚钱过后就是无尽的烦恼和灾难，而且赚的钱还会如数损失掉。如同平静的湖面起了波澜，浪高的部分先实现，后面就是坑洼之处，就是个大坑。

想要爱一个人，想要娶世界上最漂亮的女人，往往娶了假漂亮的女人，受尽折磨。因为你的爱是不平静的，是激烈的，必然遭到对方的厌恶。

在什么时候、在什么地方都应该平静，要让内心的潮水平静下来，要让心如明镜一般。

想要人生顺遂，就练习平静的心态吧。什么心都不能有，在哪里不平静，就在哪里吃亏。

找一个时间，反思自己从小到大在哪些地方、在什么时候激动了，看看激动之后顺利与否。

这世界是用来为你服务的

这世界是用来为你服务的
你不是来服务世界的
好比衣服是用来为你服务的
你不是服务衣服的
房子是为你服务的
你不是为房子服务的
工作是为你的成长服务的
你不是天生为了工作付出一生的
不要把自己的生命耗尽
不要为了事业
为了某种理想
为了成功
为了外在的东西
强制自己去做高难度动作
成功是种虚无　是种诱惑
这世界是用来为你服务的
不要把自己奉献给世界
世界不需要你
你在这个世界
尽情地体验

153

尽情地学习

训练自己

就足够了

有时候 你去做你应做的

去体验世界

但你要懂得 你是要从哪件事情中获得经验

从哪件事情中学习

你才是主体 才是那个主人

外物是你的附属品 是客体

不要在这个世界耗尽你自己

不要强迫自己去做自己不擅长的

不要面对十万个人演讲

不要去勉强自己成为统治者

不要强迫自己成为某类优秀的人物

让所有外在滋养你的灵魂

从各种经验和体验中获得经验

培养你自己

让自己在自己能胜任的环境中

惬意地体验世界

你能做多少就做多少

能成为什么就成为什么

尽自己所能

而不是都要成为人上人

不要和别人比
让那些天生就是高手
就具备人上人能力的人去做大事吧
你只做自己力所能及的事
在自己惬意的环境里
随遇而安地生活就足够了

这世界是用来为你服务的

自大是人类的敌人

自大是人类的敌人，闭上眼睛，想象你的意识像一个温度计，现实层面在零刻度以上，看看你的意识层次在哪个刻度上？大部分人在零刻度以上，这是自大人格，看不到事实的真相，感应不到现实。

想象自己穿过层层迷雾，降低自己的自大，把刻度下滑到零刻度，看看你能看到什么？（停顿一分钟）

大自然是安详的，树木静静地生长，阳光洒向人间，人们忙忙碌碌，各自有各自的路，生活平静而不失快乐。

当你自大或悲观时，你走在路上看不到树木、晒不到阳光、看不到行人，满脑子都是自己的想象，都是虚假的目标和梦想，感受不到一点儿现实，也感受不到和你同行的人。

人生的终极任务是获得明晰和理智的思维，与现实和谐生活，体验现实带来的平凡而快乐的生活。大部分的人却不活在现实中，梦想当世界第一美男子或美女、世界第一高手，成为大富翁，拥有至高无上的权力。

人的肉体没有太大的分别，当你的"软件"装错了，自大得太厉害了，就成了别人眼中的坏人或讨厌的人。

所以，赶紧花些时间调整自己的内心世界吧，看看哪些"软件"装错了？看看有没有自大症或悲观症？看看是不是活在虚拟世界中？是不是在隔空打拳、隔空伤害假想敌？看看是不是

156

被别人操纵着去做坏事？

　　让心灵的刻度像温度计一样，随着外界的频率改变随时上下调整，保持在零刻度附近。

　　人一旦解除自大，就能看清事情真相，人的聪明才智足以应付眼前的局面，足以让自己过好，怕就怕人被欲望控制，看不到真相，胡乱行动。

自大是人类的敌人

关于孤独

人是孤独的生物，即便你在群体中，你还是孤独的，你必须独自面对人生，人越多，就越孤独，因为你一个人要面对很多人，显得你更加孤独了。

每个人都害怕孤独，孤独对应的是恐惧和忧伤，当你没有忧伤和恐惧，就没有了孤独心，那时你只是觉得自己是独自的、自在的。要想不孤独，必须去掉忧伤和恐惧。

去修炼不怕孤独的勇者之心吧，想象天地之间只有你一个人，呼吸天地之气、与白云为伴，大地当床，天空当被子，就这样修炼勇者之心吧，做一个独自的人、独来独往的人，独与天地精神相往来。

独自是一项修炼，不要叽叽歪歪地自怨自艾，不要胆小、怕这怕那，去做一个生活的勇者吧，勇敢地走向茫茫的未知。

治愈你的孤独吧，勇敢地在地球上行走。

大地是我的床，天空是被子，蓝天云朵是被套，草地是床单，星星、月亮是台灯，就这样住在温馨的宇宙大卧室里，独自遨游，享受自己的孤独时光。

善良之道

　　善良是万事万物的基本属性，万物都是充满善意的，没有善，完全失去了善，万事万物就失去存在的依托、存在的依据。

　　善良是一种对万物的成全、一种祝福、一种付出、一种爱。没有了善良，夜晚的月亮将不再明亮；没有了善良，太阳将不再升起；没有了善良，也没有那旖旎的好风光；没有了善良，我们穿不上衣；没有了善良，无人来温暖我们那颗心；没有了善良，世界将一片黑暗。

　　善良之道在于你的善良不是伪装的善良，不是委曲求全，而是在平常心指导下的善良，是自然而然的善良。

　　真善良的人往往命好，"善良驶得万年船"。

淳厚的道德感是真正的真理

淳厚的道德感是真正的真理，人应该有淳厚的道德感，否则做错事、做坏事都不知道，一点儿也没有防备，很轻易地做出决定，继而承担严重的后果。

淳厚的道德，指的是看清事情的真相，在把事情做对的基础上，加上真诚心、良心和感恩心，提倡把事情看准、做对，提倡有淳厚的良心道德。

有时候我们能把事情做对，但没有真诚心、良心道德，也不算掌握真理。

也许你没有太高的学历、太多的财富，但你有真诚心、淳厚的道德感，你也能成为人生赢家。

两面看待事物

两面看待事物

事物是由两面构成的

没有一个　就失去了另一个

难和易相互依存

长和短在比较中相互依存

高和低在位置上相互依存

前和后在伴随中相互依存

对立的东西　并非对立　而是互补的关系

它们同根同生

没有根　爱怎么生存

它们不反对对方　它们是互补的

它们是同一硬币的两面

不要选择　两者都要享受

让两者都存在　在两者之间创造出一种和谐

生命通过对立面的张力　对立面的会合而存在

生命通过两极的平衡而存在

两者都有　相互牵连

到一个玫瑰花园看花和刺

那些花并不反对刺

刺守护在花的周围　是花的保护伞

没有什么是真正拒绝的

拒绝是违背存在的　那就是存在的艺术

如果路上有一块石头　不要拒绝它

把它当作垫脚石

从来不逃避　从来不抛弃　从来不拒绝

温度计下面冷的刻度是为了上面热的刻度存在的

不要光选择温暖的部分

它们是一体的　一样的东西

只是你的选择　让它们不同

顺利和艰难是一样的　都是生活的一部分

把事物的两面看成整体　不要选择　不要分裂

此后　爱上你所谓的不好的那部分吧

喜欢前　也喜欢后

喜欢白天　也喜欢夜晚

喜欢高山　也喜欢低谷

喜欢富有　也喜欢贫穷

喜欢漂亮　也喜欢丑陋

喜欢被人喜爱　也喜欢被人唾弃

喜欢好的一面　也喜欢坏的一面

喜欢繁华　也喜欢荒凉

喜欢花开　也喜欢秋风萧瑟　万物悲凉

你看到事物的两极　喜欢事物的两端

在你的世界里　没有两极

只有一个事物的不同形势 不同程度
不同形态
不要成为一个分裂的头脑
要成为一个整合的头脑
看见两种事物在某种程度上是一种事物
这是生而为人需要具备的智慧

两面看待事物

163

千纸鹤理论

我们可以把人的"心灵软件"——内心想法和观念，比喻成千纸鹤瓶子里的千纸鹤，其中有红色的、粉色的、黄色的、蓝色的、黑色的，五花八门，如果把黑色、蓝色的千纸鹤，比喻为负面的、忧郁的、压抑的观念，把粉色的、黄色的千纸鹤，比喻为良性观念，那么人就是个装置，就是个容器。你的里面到底装了什么颜色和品质的千纸鹤？

千纸鹤理论不强调把人简单地分为好人或坏人，而是理解人性因生活、经历的不同，而形成了不同的观念，理解人性的不同之处。

千纸鹤理论还指出，你的观念系统完全可以改变，你的黑色千纸鹤和蓝色千纸鹤，可以改变成粉色、黄色等颜色的千纸鹤。人的观念系统完全可以改为良性系统。

千纸鹤理论还指出，可以把人比喻为某个装置和容器、比喻为装千纸鹤的瓶子，瓶子不分好坏，不要执着于瓶子里的千纸鹤的品质，那是可以改变的、可以更换的。

从现在开始，检视你自己瓶子里的千纸鹤吧，看看是否如你所愿、如你所想，装的都是红色、粉色、黄色的千纸鹤？

现实最重要

现实决定了一切，一切对的事情从现实而来，人必须观察现实、尊重现实，根据现实的情况来决定你的行为和决策。现实是用来接受的，是用来观察的。

现实最重要，一切违背现实的东西必将站不住脚。失去了现实，就像火车失去了铁轨，就失去了依托和方向。

客观地看待事物

　　愚痴的人就是看不到事物本来的样子，拒绝接受事物本来的样子，给事物赋予另一层含义，依靠幻象来解释事物、看待事物，不能看到事物本来的样子，不能客观地看待事物。

　　你必须尊重现实，时刻活在现实中，与现实和谐共存，然后就这样一个片刻、一个片刻地活着。

善良、坚定、理智可以并存

善良、坚定、理智可以并存，三者并不矛盾，你可以又善良、又有理智、又坚定。有时候善良带着软弱，容易遭人欺，但要知道善良就是坚守正道，软弱不是真善良。坚定和善良也可以并存，你可以既善良又坚定。善良并不反对理智，理智包含了善良。

善良是人的基本道德，是生而为人的根本，任何时候都不能丢了善良，善良的人自在、有好的归宿。真善良的人命运也好。

希望你是个又善良、又坚定、又有理智的人，希望你总能坚守正道。

惭愧心多了就成了坏人

惭愧心是自责之心

惭愧心是不能理解自己

惭愧心是不能原谅自己

惭愧心是一种内向和自卑心的组合

解决惭愧心的方法是

原谅

说我原谅自己的一切

向世界宣告 原谅自己的一切

第二个方法是理解

理解发生的一切事情

看到事情的真相

当惭愧心多了

就成了坏心

一定要熟练掌握消除惭愧心的方法

吸引力法则的误区

吸引力法则是绘制人生蓝图再加上欲望
绘制人生蓝图是对的
但你加了欲望就不对了
吸引力法则强调
在你做事之前　先规划好
这是对的
但不是先想结果
还没赚到钱
先想象自己赚到钱的喜悦　想到钱怎么花
这就是欲望
欲望会引来相反面
然而　你规划未来是可以的
思考致富是对的
你想成功　思考成功的方法
规划将要做的事
这是可以的
你先想象结果是不对的
你充满欲望也是不对的
如果把吸引力法则改个名字的话
应叫作思考致富法则

169

人生的最高享受在于体验平凡的生活

人生的任务在于体验平凡的生活

平凡的生活有快乐 有落寞

有滋有味

在于普通

而不是在于卓越

水在低洼处才变得灵动

体验平凡的生活最为重要

是人生唯一的追求

体验平凡的生活最为快乐

平凡中有美

体验平凡的生活最为珍贵

在每日的时光里仔细珍藏收获

体验平凡的生活最为高贵

在平淡处看见生活的美

平凡的生活就是人类的最高追求

追求平凡的生活是人的最高使命

除了追求平凡 人类没有别的追求

你不要追求卓越

卓越就是一个人站在高处

像一面破旗

像一根蜡烛
像一棵孤零零的枯树
像一朵开败的花
当你去除欲望
你就能得到平凡
不要去追求反面
不要成为那非凡的人

人生的最高享受在于体验平凡的生活

生活是用来体验的

生活是用来体验的，我们终其一生，到最后什么也无法带走，能拥有的只是对生活的体验。无论你取得多大的成就、拥有多大的财富，等时间一到，什么都化作乌有，你只拥有对生活的体验。

人必须从梦中醒来

　　人必须从梦中醒来，必须从自己的想象之中解脱出来，看到事情的真相。

　　你的痛苦是你的梦，是你的记忆和对事情错误的解释，是自己的幻想和想象力。

过多的爱是不必要的

过多的爱是不必要的，把事情做对、做合理才重要，人需要的是自由，人自由了就自然有爱，自由中就包含了爱，再多一份溺爱和关爱就是多余的，是没有必要的。

对孩子溺爱，不如给孩子自由，给伴侣关爱不如给伴侣自由，自由了自然就有了爱。

人的行为必须符合理智

人的行为只有符合理智，事情才能顺利，不要一味埋怨外界环境，无论在任何环境中，都能理智地应对各种关系、理智地处理问题才重要。

无论外界的环境好坏，都有一条理智之路可供你选择。你理智了，事情就顺利。在婚姻里，你要遵循理智法则，要理智地履行社会责任，不要自私地只顾家庭和妻子，时间长了，你也会得到妻子的尊重，而不至于埋怨婚姻。你在家族里，你要能够独立，不依赖家人，时间长了，也能逃脱家族的束缚。你掉进泥潭里，你拼命挣扎、胡乱折腾，你会越陷越深，你不按掉进泥潭的理智之法上岸，那样也不行。同理，你不懂爱情的真相，在爱情的路上越走越远，你就没有回头路，也没有好结局。总之，你必须找到事情的真理，理智地活着，把事情做对，才能顺利。

人内心必须严肃，不能开一点儿玩笑，也不能放任自己，要冷静、理智、严肃地分析事情、处理事情、说话。你轻浮地说话、做事，时间长了得罪了很多人，你还说别人是坏人。

这是个要求你理智的世界，要求你严肃、冷静、明智的世界，这世界对人的要求很高，不能稀里糊涂地过活，否则，你的世界将一团乱麻，你无法理清楚，你还说这是个一团乱麻的世界。

关于人生的障碍

人生的障碍何其多，我们好不容易越过了爱情的障碍，却还有自大在等着，好不容易绕开了自卑，却还有虚荣心在等待，好不容易去掉了自卑心，却还有恐惧心在等待，好不容易去掉了欲望，却绕不开自责和嫉妒心的陷阱，好不容易不那么心强了，却又让心灵陷入轻浮滑稽中。人生的功课很难，有很多陷阱，但我们从来没有研究过人生的陷阱和误区，没有一门学问叫"人生学"，没有一本说明书叫"人生使用说明书"，就这样凭着心头的一点儿嫉妒、自大、傲慢、自卑在人世胡冲乱撞，撞得头破血流、穷困潦倒，到头来，结局无法收拾，落得个悲惨的下场。本人企图在这纷繁复杂的人生障碍中，搞清思路，为大家提供一点儿人生参考，以免大家误入歧途，走弯路、行险道。总的说来，人生十分不易，大家活着也十分不容易，甚至有些可怜，不如找个时间，坐下来，一起探讨人生误区、人生的障碍，以使人生之路显得不那么坎坷，日子不再那么艰难。现在让我们开始吧！

一、爱人及陷入爱情

爱情是不存在的事物，但爱情最引诱人。你走上爱情的道路，就走上了爱恨情仇错误的道路，不能保持内心的淡然。

二、欲望与不甘于现状

不甘于现状，就会得到事情的反面。人应该认清现状，然后接受现状，再改变现状。

三、自大及自我感觉可爱、被爱着

人很容易自大，自大看不清现实，自认为很可爱，人人都爱自己，时刻被爱着。

四、自卑及惭愧心、愧疚心

自卑就会紧缩，心生惭愧心，惭愧心多了，人就很难主宰心灵。

五、认真地遵循旧道德，不研究新道德

很多人不分析旧道德是否合理，一味孝顺、听长辈的，一味遵循三纲五常，走错路了也不回头。

六、十分尽家庭责任，从不尽社会责任

有些人只尽家庭责任，只管妻子、孩子，根本不尽社会责任，成为真正的小男人，让人看不起。

七、一味听领导、上级的

有的人一味听领导的、崇拜领导，而领导的智力有限，往往会误导人。

八、自责

每天责怪自己，给自己增加坏人的"程序"，久而久之，就坏得不可收拾了。

九、嫉妒及恨心

有的人境遇不好，不向内求，一味恨人、嫉妒人，把心思都用在恨人上，越恨人，越嫉妒人，就越想害别人，境遇就越不好。

十、虚荣心及爱美心

有些人虚荣心很强，时刻关注别人对自己的看法，十分虚荣，这样就造成人格的缺陷。

十一、恐惧心

在恐惧心的支配下，人很容易做错事，你做事都以恐惧心为出发点，就容易使行为和话语产生错误的逻辑。

十二、认为自己是坏人，横下心来一味做坏事、害人

有些人小时候受过虐待，就把自己定义成坏人，一辈子害人，一生虐待世界。

十三、轻浮的心态

人的内心常容易陷入轻浮滑稽的状态中，不时地想说几句轻浮的话，常常得罪人而不知，不能让内心认真、严肃起来。

十四、心强

心强就是内心受不了一点儿委屈，内心倔强，要强过别人，一旦不如人就气急败坏。

十五、冷酷之心，极度自私，缺乏感恩心

往往内心一点儿温度也没有，没办法为别人考虑，没有一秒钟顾及别人利益，内心极度冷酷。

不要故意幽默

故意幽默常常会得罪人，你应该心平气和、真诚认真地说每句话，有时候你内心会有一种轻浮的冲动涌上心头，这让你想故意说一些自认为幽默的话。比如"这小兔崽子怎么那么坏啊""你真是个鬼见愁""我讨厌你""我恨你"，但对方没有见到你内心的幽默部分，只听见你说的不堪入耳的话了，这对对方来说是莫大的羞辱。尤其当对面的人和你不熟的时候，就更不能"幽默"了，应该小心翼翼、认真地说每句话，说话时还要考虑到对方的内心，看对方能否接受。

人不是不能幽默，而是不要以幽默为出发点做事，不要故意幽默，当你放松时，不经意间就会有幽默出现，但连这点儿幽默也不要追求。人不能幽默，不能逗乐，应该认真，尤其是说话、和别人对接，一定要认真、真诚，甚至木讷一些都没关系，不要追求灵巧，不要追求幽默，这实在是一条有风险的路，是错路。

不能桀骜不驯

桀骜不驯的人，就是内心不服人、心强的人，觉得自己很了不起，还带点儿幽默。桀骜不驯的人常常不听别人的，与人对着干，还常常开玩笑，以显示自己潇洒幽默。

桀骜不驯的人常常和别人对着干，看起来是与别人开玩笑，其实得罪人都不知道。

桀骜不驯的人还常看不起人、欺负人，觉得自己很了不起，自大自傲。如果这世界有坏人，那么桀骜不驯的人就是坏人。他失去了善良之心、接纳别人之心、平和之心，常在内心深处觉得自己了不起。

大部分的人都是桀骜不驯的人，没有一刻会服人、会顺从，与人拧着劲、与领导对着干。你觉得自己是桀骜不驯的人，可是每个人都是这么想的，每个人都在内心里觉得自己非常了不起，几乎没有例外。

解决桀骜不驯这个问题的办法，就是看见现实，评估自己的能力，看自己是不是真的了不起，在内心里服人，让内心柔和下来，不要心强，真正接纳别人，放下自己的防备心和桀骜不驯之心，内心真正严肃认真起来，不要轻浮。

不应该打情骂俏

打情骂俏就是在内心里喜欢别人、思念别人，然后让对方出丑、羞辱对方，以显示和对方的亲近，这是人际交往中最难察觉，也最凶狠的一种行为。越是爱对方，就越是欺负对方、羞辱对方。

历史上的很多坏人恶事都是打情骂俏的后果，很多人欺负对方、招惹对方就是因为在内心里爱对方、思念对方，压抑着，就会去不断羞辱对方，以征服对方，让对方爱自己。

不能当众自责

当众自责就是当众给人标榜自己是坏人，自己是做错事的人，让别人产生误会和恐惧心，这常给自己带来不利。

自责的人常爱说："我是坏人，我怎么那么坏呢？没有人比我更坏了！"其实内心是自责的，但别人没有看到他内心自责的部分，光听到他说的话。

人不应该自责，应该想象自己变好后的样子，应该给别人表现自己变好后的样子，而不是自责于自己的错误。

要反思自己，下决心只改正错误，不再自责。

消除怨气是人生的重要功课

我们从小就开始埋怨，对于怨气十分熟悉，怨父母、怨老师、怨伴侣、怨自己境遇不好、怨兄弟姐妹，这种怨气如影随形，陪伴我们一生，现在是时候开始消除怨气了。

第一，你有今天的境遇，是你自己的原因，是你无数次决策导致的，是你的人生选择，不是别人故意的，所以要接受现实，不要有怨气，要把事情想开。另外，每个人的经历不同，不可能境遇一样。

第二，你所怨的人，也正在怨你，因为每个人都有怨气，别人也有。

所以，你要消解你的怨气，要把你的境遇想开、想通。自己的生活才会越来越好。

说服别人的方法探讨

每个人都坚守着自己的观点，坚守着自己的立场，遇到与自己相反的观点和态度，常认为别人是在指责自己，会产生敌对、焦虑的心态，甚至妖魔化对方，认为对方是故意来和自己挑战的、来找麻烦的，这就造成了人际关系的紧张，让说服别人难上加难，甚至造成冲突。

说服对方的方法：

第一，内心要冷静，先观察、了解对方的立场，想到并且理解他是因为某种原因才抱着自己的观点不放的，大部分是因为被某种不好的记忆或者心态掌控着，或者是因为接收的信息不够，才导致他固执地保持着错误的观念。所以，要观察、了解、理解对方的立场（注意，不要嘴上附和对方，更不要讨好对方）。

第二，要摆事实，讲道理，摆出基本事实，亮出自己的观点，并且理性地指出对方的基本观点的错误和矛盾之处，用事实和论据说服对方。就像写议论文一样，要有论点、论据、基本事实、辩证的过程和结论。

第三，利他法则，指出自己观点对对方的有利之处，而不是对自己的有利之处，这样就能说服人。

平凡之法

　　无论你做什么事，都把自己平凡化，都把自己普通化，想象用一个缩小镜把自己缩小，以更高的视角看待事情。把自己看成很平凡的人。平凡是一种方法，把事情平凡化，把自己平凡化，就不会自大，不会紧张，无限平凡化，无限平淡化，是为平淡之法。

　　无论在哪儿都很平凡、平淡，把自己放小、放平淡。无论做什么事都是平凡的事，无论发生什么事都是平凡的事，无论你在哪儿都是平凡的人。无论发生什么要紧的事，都把事情淡化再淡化，以更高的视角看待事情。事实上，我们都是很平凡的人，但我们的心念不这么认为，常把自己看成最重要的人，常把自己做的事看作最重要的事，常把自己的经历看成世上最重要的东西。

　　想象在森林中，自己是棵平凡的树；在万花丛中，自己是朵平凡的花朵；在沙漠中，自己是颗随风飞舞的沙粒；在人群中，自己是个最平凡的人。

　　你平凡了，你就自在了。亲爱的朋友，愿你是个自在的人，愿你能在平凡中享受生活。

你应该提前预测并规避风险

你不是要解决问题，而是要在问题发生之前就预测到它，并规避它。智者一生都不会遇到难题，因为智者会提前解决它，当问题还处在萌芽状态时就解决它。你永远不要出现在令你窘迫的场合，你要提前预知你要去的地方的状况，如果你不擅长交际，就避免去人多的场合，避免面对十万个人演讲。你不要和伤害你的人遇上，换句话说，你要远离那些对你无益，甚至伤害你的人。要想让灾难、窘迫的场合和那些对你无益的人永远捉不到你，你必须会彩排人生、彩排未来，等事情突发之前你早就准备好了，早就把风险规避了。

让事情简单地生长

你做事只是去做事，遇到什么情况就解决什么事，不要自怨自艾，不要情绪化，不要哭哭啼啼，不要有那些多余的哀怨情绪。纺织、绣花高手，她只全神贯注地纺织、绣花，不去流泪、感叹、骄傲，她没有这些心思，只是做事；木匠只专注地完成自己的活计，不去发愁、畅想，没有更多的想象力和规划，只专注地做事；农民只专注地研究农作物的特性，按照规律种植作物，一分钟都不背离植物的特性。同理，我们处理问题也应该只专注地处理问题，只专注地做事，只研究现实，只研究事情的规律和特性，简单地处理问题，不要情绪化，不要想太多没用的事。

人不应在乎别人的眼光和评价

　　人不应该在乎别人的眼光和评价，否则就活在别人的世界里，没办法活成真正的自己，无法自在，无法精干。有些人时刻在乎别人的评价，就无法自由。外界没有别人，你体会不到这一点，总觉得别人时刻在关注自己，就很不自在。别人的评价并不重要，重要的是自己的体验和内在感受。

　　如果我们不在乎别人的眼光和评价，我们就很自在，就能成为真正的自己。

　　当你不擅长开车时，你的任务就不是去练习开车，从而成为一个好司机；当你不擅长演讲时，你的任务就不是练习演讲，从而成为一个演讲家。你不要成为一个全能的人，要做自己擅长的，寻找一条适合自己的路，永远规避那些你不擅长的领域，永远不要出现在那些让你紧张的场合。

　　朋友们，愿你总能自在，愿你成为真正的自己。